Andreï Makine, né en Sibérie, a publié de nombreux romans, parmi lesquels : *Le Testament français* (prix Goncourt et prix Médicis 1995), *Le Crime d'Olga Arbélina*, *La Musique d'une vie* (prix RTL-Lire 2001), *L'Amour humain* et *La Vie d'un homme inconnu*. Il est aussi l'auteur d'une pièce de théâtre : *Le Monde selon Gabriel*. Ses livres sont traduits en plus de quarante langues.

Andreï Makine

LE LIVRE DES BRÈVES AMOURS ÉTERNELLES

ROMAN

Éditions du Seuil

TEXTE INTÉGRAL

ISBN 978-2-7578-2916-5
(ISBN 978-2-02-103365-6, 1ʳᵉ édition)

À la mémoire de Dick Seaver

I

L'infime minorité

Depuis ma jeunesse, le souvenir de cette coïncidence revient, à la fois insistant et évasif, telle une énigme dont on ne désespère pas de trouver le mot.

Voici les faits. Un jour de printemps, j'accompagne jusqu'à son domicile un ami, un homme souffrant qui, soudain, me propose de passer par le centre-ville, allongeant notre trajet d'un crochet inexplicable. D'autant qu'il ne doit pas aimer cette ville, dans le Nord russe, où chaque rue lui rappelle sa vie tourmentée. Près de la clôture d'un parc, il s'arrête, saisi d'un accès de toux, se détourne, une main collée à sa bouche, l'autre serrant un barreau de fer. À ce même moment, une femme descend d'une voiture, à quelques mètres de l'endroit de notre halte. Un garçonnet qu'elle tient par la main nous jette un regard de curiosité apeurée. À ses yeux, nous ressemblons à deux ivrognes pris de nausée. La gêne que j'éprouve n'efface pas un sentiment plus vague, plus

ns une pensée. Obscurément, je devine
ar n'a pas été fortuit, tout comme l'appa-
belle inconnue… Elle passe, nous laissant
un ra noiement de parfum, amer et glacé, et déjà
la porte d un des immeubles entourant le parc s'ouvre,
le gardien laisse entrer la femme et l'enfant. Mon ami
se redresse, nous reprenons la route. La coïncidence – sa
fuyante bizarrerie – s'inscrit incidemment en moi, pour
revenir, tout au long de ma vie, et rester si longtemps
sans réponse.

Aujourd'hui, il doit y avoir dans le monde à peine
une demi-douzaine de personnes à se souvenir de Dmitri
Ress. Ma mémoire n'a préservé que deux fragments, très
inégaux. Deux éclats de mosaïque que, ne connaissant
pas Ress, on croirait désunis.

D'abord, cette parole articulée avec une maladresse
douloureuse par l'un de ses familiers : « Il l'aimait…
comme on ne peut être aimé… qu'ailleurs que sur cette
terre. »

L'autre fragment – son activité d'opposant – était
d'habitude raconté avec la même hésitation confuse. Ce
n'était pas le manque d'intérêt que les vivants finissent
par témoigner à un héros oublié. Non, plutôt l'incapacité de saisir la raison profonde du combat que Ress a
mené jusqu'à sa mort. Une lutte à la Don Quichotte,

pour certains, un suicide qui a duré vingt ans, pour les autres.

Au moment de notre rencontre, âgé de quarante-quatre ans, chauve, édenté, miné par un cancer, il avait l'air d'un octogénaire souffreteux. Additionnant ses trois condamnations successives, on obtenait un total de quinze ans et quelques mois passés derrière les barbelés. La sévérité des peines tenait à l'originalité de son credo : philosophe de formation, il critiquait non pas les tares spécifiques du régime en place, dans la Russie d'alors, mais la servilité avec laquelle tout homme en tout temps renie l'intelligence pour rejoindre le troupeau.

« Mais pourquoi alors vous vous acharnez contre notre pays ? » lui demandait-on au cours des interrogatoires. « Parce que c'est ma patrie, répondait-il, et voir mes concitoyens sommeiller autour d'une bauge m'est particulièrement intolérable. »

Les justiciers y voyaient la pire des subversions. Ils préféraient avoir affaire aux contestataires « classiques » qui se laissaient expulser vers l'Occident, dont l'indifférence repue émoussait rapidement les plumes les plus acerbes.

C'est à l'âge de vingt-deux ans que Dmitri Ress commit son premier délit. La veille du défilé traditionnel dédié à l'anniversaire de la révolution d'Octobre, il colla sur le mur d'un bâtiment administratif une affiche, exécutée avec un vrai talent de dessinateur : les gradins où montaient les dignitaires du Parti, la marée de drapeaux rouges, des banderoles chargées de slogans à la gloire du communisme, les deux files de militaires qui canalisaient la progression des manifestants. Rien de plus réaliste. Sauf que les notables dressés sur la tribune, ces silhouettes carrées coiffées de chapeaux mous, étaient représentés en cochons. De petits yeux dédaigneux, des groins bouffis de graisse. Les « masses populaires », arrivant au pied des gradins, subissaient elles aussi le début de la métamorphose. L'affiche était intitulée *Vive la Grande Porchaison !*

La faute était grave, mais la jeunesse de l'auteur aurait pu inspirer la clémence. D'autant que son idée animalière n'était pas neuve, toute la littérature dissidente usait de ce procédé, Soljenitsyne lui-même assimilait l'un des membres de la nomenklatura à un sanglier brutal et lubrique. On aurait pu plaider l'étourderie, l'influence des mauvaises lectures… Malheureusement, le jeune homme se montra orgueilleux, affirmant avoir peint ce qu'il voyait, décidé à dénoncer ce bestiaire. Une attitude indéfendable.

Les juges, néanmoins, firent preuve de mansuétude : trois ans dans une colonie à régime ordinaire.

Le camp, au lieu de le faire fléchir, le rendit inflexible. Libéré, il récidiva. Des dessins, des pamphlets qui tombaient déjà sous le coup d'une qualification plus lourde : la propagande antisoviétique. En un mot, il s'enferra. Ce qu'un juge, excédé par tant de raideur, désigna d'une locution russe qui signifie à peu près «se faufiler dans le goulot d'une bouteille».

Si seulement il avait suivi la logique des opposants qui déblatéraient contre le Kremlin et divinisaient l'Occident. Mais non, lui n'en démordait pas : sa production picturale et littéraire visait l'humanité tout entière et sa patrie n'était qu'un exemple parmi d'autres. Une peine de cinq ans sembla ne pas trop l'émouvoir. Une autre, la dernière, dans un camp «à régime renforcé», le brisa physiquement mais conféra à ses convictions la fermeté d'un silex. Il ressemblait d'ailleurs à un long éclat de cette pierre et son regard jetait parfois des reflets ardents, les battitures d'une pensée indomptée dans un corps défait.

Ce que j'ai appris sur cette vie meurtrie se limitait au décompte des trois condamnations et à quelques rares détails de son quotidien de prisonnier… Et aussi à ce surnom de «Poète» que ses codétenus lui avaient attribué et dont j'ignorais si le sens était dépréciatif ou approbateur. Rien d'autre, Ress mettait son point d'honneur à ne pas évoquer ses souffrances.

Notre seule longue conversation a eu lieu dans une ville du Nord russe, à neuf cents kilomètres de Moscou, la région de son assignation à résidence, durant les six mois qui lui restaient à vivre.

C'était le jour du Premier Mai. Je l'accompagnais chez lui et nous dûmes patienter un moment à l'entrée d'un pont bloqué à cause du défilé qui se déroulait sur la place principale. Accoudés à la rambarde, nous voyions la procession qui avançait le long d'un bâtiment massif, siège local du Parti. Sur l'étagement des gradins se dressaient des rangées de manteaux noirs et de chapeaux de feutre.

La journée était ensoleillée mais glaciale et venteuse. Les rafales apportaient des fragments de marches militaires, des bribes de slogans lancés par les haut-parleurs, le rugissement sourd des colonnes de participants qui reprenaient, à tue-tête, ces mots d'ordre officiels.

« Imaginez ! Cette même mise en scène de l'Extrême-Orient jusqu'à la frontière polonaise, murmura Ress avec le ton rêveur qu'on adopte pour évoquer une contrée fabuleuse. Et de l'océan Arctique jusqu'aux déserts de l'Asie centrale. Les mêmes gradins, les mêmes porcs à chapeau mou, la même foule abrutie par cette comédie. Le même défilé sur des milliers et des milliers de kilomètres… »

L'idée me frappa, je n'avais jamais pensé à ce flot humain qui se relayait, d'un fuseau horaire à l'autre (onze en tout !), à travers l'immense territoire du pays. Oui, dans toutes les villes, sous toutes les latitudes, la même messe collectiviste.

Devinant ma perplexité, il se hâta d'ajouter :

« Et dans les camps, croyez-moi, c'est pareil ! Des tribunes occupées par les matons les plus gradés, un orchestre composé de repris de justice mélomanes, des calicots rouges : gloire, vive, en avant ! Partout, je vous dis. Un jour, on transportera ces gradins sur la Lune… »

Un coup de vent souffla, en écho à ses paroles : « Vive l'avant-garde héroïque de la classe ouvrière !… » Ress sourit en plissant fortement ses lèvres sur une bouche sans dents.

« Ah, ces tribunes… En Occident, on a écrit des tonnes de gloses pour expliquer la société où nous vivons, sa hiérarchie, l'asservissement mental que subit la population… Et on n'a rien compris ! Tandis que là, il suffit d'ouvrir les yeux. L'apparatchik en chef, on le voit d'ici, au centre de la tribune, un chapeau noir et ce visage plat comme une crêpe. Autour de lui, avec le minutieux respect des précellences, ses sbires, plus ils sont loin de lui, moins ils sont importants. Logique. Le modèle suprême reste la tribune officielle de la place Rouge. Un peu de militaires, afin que le peuple sache sur quelle puissance repose l'autorité du Parti. Et le plus intéressant : ces enclos qui divisent la tribune en secteurs. Dans celui de droite, ce sont des chefs d'entreprise, l'administration du port fluvial, quelques syndicalistes haut placés et, pour ne pas oublier les prolétaires, trois ou quatre travailleurs de choc. Bref, la crème des forces productrices. Quant aux forces peu productrices mais utiles au régime, on les place à gauche : recteur de l'université, rédacteurs en chef des journaux locaux, mandarins du monde de la médecine, une paire de littérateurs, l'intelligentsia en un mot. Et juste au pied de l'appareil dirigeant, l'enclos familial où sont parqués les épouses et les enfants… »

Il fut saisi d'une quinte, se pencha, et sur sa tempe s'enfla une grosse veine bleue, très saillante sous la peau transparente du crâne. Je voulus dévier la conversation :

« Bon, vous savez, le peuple se fiche pas mal de ces tribunes… »

Il se redressa et son regard me brûla.

« Non ! Le peuple ne s'en fiche pas. Il en a besoin ! Cette pyramide de têtes de porcs lui est nécessaire comme l'expression cohérente de l'architecture du monde. L'agencement des enclos le rassure. C'est sa religion laïque. Et ce crétin qui hurle les slogans dans le haut-parleur est l'exact équivalent d'un pope qui prêche… »

Il parvint à retenir un nouvel accès de toux, son cou frémit, son visage devint pourpre. Sa voix résonna, syncopée, vigilante aux spasmes qui nouaient sa gorge :

« Ne généralisons pas… Ces manifestants… ne sont pas tous pareils. On pourra définir… trois classes. La première, l'écrasante majorité, est une masse conciliante qui aime ce confort de troupeau. La deuxième catégorie est faite de ricaneurs, issus surtout de l'intelligentsia : ils répètent en chœur les slogans, mais leur cri

18

est un jeu, une moquerie. Ils agitent les drapeaux avec une frénésie railleuse et brandissent les portraits des dirigeants sur leurs hampes comme s'il s'agissait d'une tête hissée sur une pique. Enfin, la troisième catégorie est celle des révoltés, assez naïfs pour espérer rompre ce défilé grotesque. Ils écrivent des pamphlets, dessinent des affiches et… et… »

Il se remit à tousser, une main sur la bouche, l'autre attrapant la rambarde du pont. La courbure de son corps maigre, sous un vieil imperméable, faisait penser à une branche cassée… Le passage venait d'être rouvert, le défilé touchait à sa fin, on voyait la foule se disperser dans les rues voisines.

Nous reprîmes notre marche, mais au lieu d'aller vers son domicile, Ress m'emmena dans un quartier résidentiel de l'époque stalinienne : autour d'un parc, un carré d'immeubles où vivaient les notables que nous venions de voir sur les tribunes. Il s'arrêta près de la clôture en fonte, pour souffler, observa les manifestants qui, heureux d'avoir terminé la corvée de la participation obligatoire, rentraient chez eux. Un jeune homme avec le portrait d'un membre du Politburo sur l'épaule. Ces trois adolescentes, chacune serrant un drapeau roulé sous le bras. Un groupe d'écoliers…

Et soudain, descendant d'une voiture noire des officiels, une jolie femme d'une quarantaine d'années, vêtue d'un manteau clair, tenant la main d'un garçonnet.

L'enfant nous regarda avec étonnement, la présence de ces deux hommes, si différents, dut lui paraître bizarre. La mère le tira par la main, ils passèrent à quelques mètres de nous avant d'entrer dans l'un des immeubles « staliniens ». Je sentis une note de parfum, une amertume ténue, en harmonie avec cette journée lumineuse et fraîche. Ress se détourna, toussa de nouveau mais sans s'étouffer. Une seconde, je crus même qu'il voulait éviter à l'enfant le spectacle de son mal…

Nous repartîmes, sans que je comprenne pourquoi il avait voulu passer près du parc. Peut-être, tout simplement, pour déboucher sur la place principale désormais presque vide… Il secoua légèrement la tête en direction des tribunes. Sa voix sembla joyeuse :

« Un scénario de science-fiction. Demain, ce régime vermoulu s'écroule, nous nous retrouvons dans le paradis capitaliste et sur ces gradins montent des milliardaires, des stars du cinéma, des politiciens bronzés… Et dans l'enclos des intellectuels, Jean-Paul Sartre, par exemple. Non, il vient de mourir, enfin on trouvera quelqu'un. Et vous savez ce qu'il y a de plus cocasse ? C'est que la foule défilera comme si de rien n'était. Car peu lui importe de savoir qui remplit les tribunes, l'essentiel est qu'elles soient remplies. C'est ça qui donne du sens à la vie de notre fourmilière humaine. Oui, au lieu de la statue de Lénine, il faudrait imaginer un play-boy en smoking. Ça se fera un jour. Et dans le défilé il y aura de nouveau ces trois catégories : des placides somnambules très majoritaires, des ricaneurs et quelques rebelles marginaux… »

Il toussotait déjà en parlant, mais le vrai accès vint quand nous nous remîmes à marcher. Une suffocation d'aboiements qui lui donna l'aspect pitoyable d'un vieux chien se vidant les poumons de ses dernières colères. Je restai les bras ballants, ne sachant comment l'aider ni quoi dire, confusément honteux comme on l'est toujours face à une personne qui a un malaise en pleine rue.

Nous étions arrêtés dans une descente mal pavée et bordée de vieilles maisons de bois. Au bout de la pente, derrière la résille claire des saulaies, on voyait scintiller le fleuve. Sur les berges traînaient encore des plaques de glace. De temps en temps, un nuage cachait le soleil et le paysage rappelait alors un début d'hiver…

Ress parvint, un instant, à mater sa toux, releva la tête et d'un regard qui me parut aveugle embrassa la descente, la berge, les saules. Ses paroles chuintèrent, fébriles :

« Oui, elles seront… toujours là… ces trois catégories… Des porcs ensommeillés… des ricaneurs… des grincheux aux poumons crevés… comme moi… »

La toux le reprit et, soudain, la main qu'il collait à ses lèvres se remplit de rouge. Avec une vivacité fautive, il sortit un mouchoir et je vis que le tissu était déjà taché de sang. Une nouvelle secousse dans sa poitrine fit jaillir de sa bouche un caillot sombre, puis un autre, je me hâtai de lui tendre mon mouchoir…

Un détail évocateur : ce carré de soie m'avait été offert par une amie. Un tel cadeau qui aujourd'hui semblerait incongru n'était donc pas insolite dans la Russie de ces années, ce qui me permet d'évaluer l'écart presque cosmique qui nous sépare de cette époque. Mais, ce jour-là, en regardant Ress s'essuyer les lèvres, c'est le passé de cet homme que je devinai : « Il n'a pas eu tellement l'occasion d'être aimé… » De longues peines de travaux forcés, la lenteur torturante avec laquelle la vie d'un prisonnier se refait et déjà une nouvelle arrestation, et bientôt, une santé trop ravagée pour espérer un revif grâce à une rencontre, dans un rêve nouveau, dans un amour.

Il restait courbé, battu par le fouettement de la toux, le mouchoir écrasé contre sa bouche. Dans la posture laide d'un ivrogne pris de nausée. Désemparé, je bafouillais de temps en temps un encouragement inutile : « Ça va se calmer… Un verre d'eau fraîche et… » Avec une intensité jamais encore éprouvée, je comprenais l'atroce injustice de la vie ou de l'Histoire ou peut-être de Dieu, enfin, la cruauté de ce monde indifférent envers un homme qui crachait son sang dans un mouchoir de soie. Un homme qui n'avait pas eu le temps d'aimer.

La moitié du ciel était déjà chargée de nuages. Des flocons épars se mirent à planer au-dessus des toits, à tisser une ondulation blanche au bout de la rue. Très loin, derrière le fleuve, la lumière restait éclatante, printanière, comme si la procession bariolée du matin se poursuivait là-bas, nous laissant seuls dans cette petite rue pentue. La neige, cette dernière neige de l'année, apporta l'apaisement, la nouvelle profondeur du regard, l'harmonie silencieuse de tout ce que nous voyions. Ce silence fut aussi le souffle que Ress finit par retrouver, une cadence de brèves expirations de plus en plus tranquilles.

Sa voix, libérée désormais du désir de contester ou de convaincre, sonna tel un écho venant d'un temps où ce qu'il disait semblerait évident :

«Trois catégories… Les conciliants, les ricaneurs, les révoltés… Mais il y a… Il y a aussi ceux qui ont la sagesse de s'arrêter dans une ruelle comme celle-ci et de regarder la neige tomber, de voir une lampe qui s'est allumée dans une fenêtre, de humer la senteur du bois qui brûle. Cette sagesse, seule une infime minorité parmi nous sait la vivre. Moi, je l'ai trouvée trop tard, je commence à peine à la connaître. Souvent, par habitude, je rejoue les vieux rôles, je l'ai fait tout à l'heure, en me moquant de ces pauvres types sur leur tribune. Ce sont des aveugles, ils mourront sans avoir vu cette beauté.»

Ce que nous voyions était humble, gris, très pauvre. Des maisons du siècle passé, des toits hérissés, çà et là, de tiges mortes. L'air terne rappelait un crépuscule de novembre, l'attente de l'hiver. Nous étions en mai et toute la ville préparait le repas de fête, le soleil allait revenir avec sa brutale gaîté. Mais la beauté était là, dans cet instant égaré au milieu des saisons. Elle n'avait besoin que de ces coloris éteints, de la fraîcheur intempestive de la neige, de la poignante mémoire, soudain éveillée, de tant d'hivers anciens. Cette beauté se confondait avec notre respiration, il suffisait juste d'oublier ceux que nous croyions être.

Je ne sais pas exactement dans quelles conditions Ress est mort, ni s'il était, à la fin, accompagné d'une présence amicale ou, du moins, attentive. J'ai des excuses qui valent ce qu'elles valent : voyages, travail, difficulté de rester en contact avec quelqu'un qui, comme lui, ne disposait même pas d'un téléphone. Et puis, nous n'avions jamais été vraiment proches, c'était un «ami d'ami d'ami».

Aujourd'hui, plus d'un quart de siècle plus tard, lorsque j'essaye de me souvenir de Ress et – comme nous le faisons tous parfois en parlant à ceux qui sont partis ou morts – d'engager une conversation à laquelle sa voix prendrait part, me revient un pointillé de jours, bien antérieurs à notre rencontre, remontant à mon enfance, à ma jeunesse. Ils revivent dans ma mémoire grâce à Ress qui parlait, les lèvres encore tachées de sang. Étrangement, ce sont ces reflets du passé qui répondent le mieux à son intonation écorchée. Peut-être parce qu'il s'agit d'instants de tendresse très anciennement vécus, des instants d'amour que lui n'a pas eu le temps de vivre.

Dans ces paroles silencieuses adressées à Ress, l'essentiel, pour moi, est de lui faire comprendre qu'il avait raison. Et que nous sommes tous capables de quitter la marche grégaire du défilé, ses vociférations exaltées, ses emblèmes écrasants, ses mensonges.

L'essentiel est de pouvoir le dire sans trahir la voix brisée de cet homme qui avait reçu, dans un camp, le surnom de « Poète ».

II

Celle qui me libéra
des symboles

Ce n'était pas la première femme qui m'a ébloui par sa beauté, par la force patiente de son amour. Elle était la première, en tout cas, à me révéler qu'une femme aimante n'appartient plus à notre monde mais en crée un autre et y demeure, souveraine, inaccessible à la fébrile rapacité des jours qui passent. Oui, une extraterrestre.

Et dire que notre rencontre a eu lieu dans les décors destinés à représenter une vie sans amour !

Les symboles officiels ont un rôle psychotrope : notre modeste personne se trouve décuplée dans un spectacle de masses, notre voix résonne, amplifiée par les hymnes et le tintamarre des cuivres, notre angoisse de mortels s'estompe grâce à la longévité de l'Histoire. Les emblèmes dépeignent, en trompe-l'œil de propagande, une voie à suivre, un sens de la vie, un avenir. Oui, des anxio-lytiques existentiels, des antidépresseurs métaphysiques.

Enfant, j'étais loin de m'en douter et pourtant ces drogues symboliques agissaient déjà sur moi. Elles camou-flaient le dénuement dans lequel nous vivions et qui serait difficile à décrire aujourd'hui, face au trop-plein d'objets complaisants, jetables. Pareil à mes camarades, je voyais un monde transparent de pauvreté : un lit de fer dans un dortoir, des vêtements qui, à mesure que nous grandis-sions, passaient à nos cadets, une seule paire de chaus-sures, trop chaudes en été, trop légères durant les froids qui, dans ces régions de la Volga moyenne, sévissaient jusqu'en avril. Un stylo (en fait, un petit bâton avec un embout de fixation pour la plume), quelques cahiers, aucun livre autre que ceux que nous empruntions à la bibliothèque, pas d'argent, pas d'objets personnels, nul moyen de communiquer avec l'extérieur.

La joie de vivre qui nous habitait semblait illogique, presque surnaturelle. Mais le bonheur n'a, pour échelle de mesure, que notre propre existence, riche ou déshé-ritée. À midi, à la fin des repas, nous avions droit à une tasse de liquide chaud où macéraient quelques lamelles de fruits séchés. La chance de tomber sur une figue transformait l'un de nous en élu, il savourait, les yeux mi-clos, tout concentré sur le goût ineffable éclos dans sa bouche. Nous le regardions, muets, transportés au pays lointain où ces fruits mûrissaient… Bien plus tard, je trouverais dans un livre de Soljenitsyne un personnage qui, au goulag, exultait en repêchant dans son écuelle de soupe un petit débris de poisson, au hasard d'une louche grattant le fond d'une marmite. Un jour, en parlant avec l'un des innombrables prisonniers de l'époque stalinienne, j'apprendrais que le bonheur pouvait être encore moins consistant : un grain resté non moulu dans une tranche de pain...

À côté de ces plaisirs de pauvres, nous disposions d'un bonheur infiniment plus riche, celui des choses imaginées. Nous possédions si peu et si brièvement que le monde entier s'offrait à nos rêves. Cette ville étincelante de blancheur, par exemple. Je vois encore ses rues baignées de soleil, ses habitants grands et sereins qui marchent sans se presser, pénètrent dans un magasin rempli d'une profusion d'aliments dont ils choisissent, qui une bouteille de limonade, qui une tablette de chocolat (une seule, et pourtant il y en a des milliers !) et ils s'en vont sans rien avoir à régler... Notre institutrice, répondant à nos questions sur la nature du communisme, nous livra cette explication :

« L'argent n'existera plus. Chacun pourra emporter ce qui est nécessaire à ses besoins... »

Une rumeur d'incrédulité parcourut la classe, l'écho de ce que nous venions d'entrevoir : des hordes en liesse envahissent les magasins et se sauvent, chargés d'amas de gâteaux, de chocolats, de crèmes glacées… L'institutrice dut deviner le pillage programmé et se hâta de compléter son interprétation du futur :

« Les gens qui vivront dans la société communiste auront un autre type de conscience que nous. Les magasins seront pleins et tout sera gratuit mais chacun ne prendra que ce dont il a besoin. Pourquoi accumuler si l'on peut revenir demain ? »

La scène se passait au début des années soixante. Le Parti venait d'annoncer l'avènement du communisme dans un délai merveilleusement proche de vingt ans.

L'idée d'un nouveau type de conscience frappa ma pensée d'enfant comme une illumination. Oui, une ville lumineuse, des gens souriants, fraternels, et qui, au milieu d'une abondance d'objets convoités et de victuailles, ne perdent pas la tête, choisissent le minimum, suffisant pour s'alimenter et s'adonner à une activité mystérieuse que l'institutrice appelait l'« édification de l'avenir ». Ce travail rendait dérisoire le désir de se gaver, de repousser son prochain pour avoir le meilleur morceau… Les images d'enfance ne se décolorent ni ne s'effacent. Cette ville lumineuse m'a souvent paru plus réelle que celles où je vivais.

La propagande officielle figeait ces reflets de rêve dans un langage tangible, simplifié, commun à toute la population du pays. Les deux grands défilés de l'année, celui du Premier Mai et celui de la révolution d'Octobre, matérialisaient les symboles : l'idée s'incarnait en colonnes de travailleurs, le verbe se faisait chars et fusées sur la place Rouge, l'Histoire avait la voix d'une foule infinie qui, de Moscou à la plus humble bourgade, passait devant les tribunes d'où les dirigeants saluaient cette répétition générale de la société messianique.

J'étais incapable de le comprendre à l'époque, en marchant dans les rangs, à côté de mes camarades, portant un drapeau ou bien le portrait d'un dirigeant du Parti. Reste à présent le souvenir d'une adhésion hypnotique à la masse humaine, l'éblouissement devant la marée de calicots rouges, un état d'euphorie et même d'extase, oui, une forme de transe. Beaucoup trop jeune pour une telle analyse, je me sentais alors tout simplement heureux.

Les cérémonies du Premier Mai ont fini par former, dans ma mémoire, une seule fête, sonore de slogans de haut-parleurs et de longs hourras, éclaboussée de gerbes de soleil et de battements de drapeaux écarlates dans le vent.

Les défilés d'automne, en revanche, m'ont laissé un souvenir tout autre, une sensation troublante pour un enfant qui croyait vraiment à ce spectacle et qui s'est soudain senti dupé. C'est cela, l'impression d'un mensonge deviné derrière les décors.

Pourtant, le décor de ce défilé-là, politiquement plus

important que le Premier Mai, était toujours irréprochable. La rigoureuse hiérarchie des dirigeants sur les tribunes, les banderoles qui annonçaient l'avenir radieux tout proche ou qui fustigeaient l'impérialisme américain. Le pas alerte des participants groupés en fonction de leur appartenance professionnelle, la fixité imposante des militaires dans la haie d'honneur, ce vivant rempart contre les ennemis du socialisme. Du point de vue symbolique, chaque détail était respecté : le peuple avançait vers la future ville blanche dont j'avais tant rêvé !

Et c'est peut-être juste une fine pluie glaciale qui changea, ce jour-là, le sens de la procession. Oui, un inconfort purement physique incommodant les occupants des gradins.

Les élèves de notre orphelinat défilaient les tout derniers, vu le peu de poids idéologique que représentaient nos rangs sobrement vêtus, nos têtes aux cheveux ras, nos visages pâles et osseux d'enfants médiocrement nourris. Au moment où nous arrivions au pied de la tribune, les apparatchiks rompirent leur immobilité de parade, bougèrent et, imitant le premier d'entre eux, se mirent à quitter les gradins, échangeant des propos discrets, la bouche tordue sur le côté. Les hourras grondaient encore, trop retentissants pour que nous puissions entendre ce conciliabule, mais son sujet était clair : le temps maussade, le froid, le plaisir d'un déjeuner copieux qui les attendait.

Sans m'en rendre compte, je vis l'envers du décor – une scène abandonnée par ces comédiens sinistres. Les tribunes se vidaient, perdant leur signification symbolique. L'ivresse festive céda la place à une intuition angoissante, un doute que j'eus hâte de noyer dans le chœur bruyant de mes camarades, dans l'odeur de la peinture rouge des calicots mouillés par la pluie… Pourtant ce bref « à quoi bon » ne laissa pas indemne ma croyance naïve.

Deux jours plus tard, une vision nocturne, fantasmatique, conforta ma désillusion… Souvent, on nous envoyait travailler dans de grandes usines, à la périphérie de la ville, pour nous préparer à une activité manuelle, le sort auquel notre condition nous prédestinait. Nous nettoyions les ateliers, ratissions les cours encombrées de ferraille, ramassions des chutes d'acier ou de bois. Ce soir-là, le camion qui devait nous ramener à l'orphelinat tomba en panne et, regroupés dans un entrepôt, nous attendîmes jusque tard dans la nuit… Tandis que nous retraversions la ville, un spectacle angoissant surgit devant ceux qui, comme moi, étaient assis à l'arrière du fourgon : sur la place centrale, sous les faisceaux des projecteurs, les ouvriers démontaient les tribunes ! J'eus le temps d'apercevoir les longues sections des gradins, un tas de portraits entassés, sans ménagement, les uns sur les autres…

Le choc fut aussi violent que si, en pleine séance, dans un film, j'avais remarqué des techniciens occupés à changer l'emplacement du mobilier ou à chatouiller une comédienne. L'évidence du constat m'aveugla : on procédait à ce démontage la nuit pour cacher aux gens qu'il s'agissait d'un simple décor, d'une façade colorée derrière laquelle il n'y avait rien. Si, il y avait le macadam souillé de mégots, la tristesse assoupie des fenêtres dans des maisons laides, ces arbres nus, frileux. Les gestes des ouvriers trahissaient une brusquerie ronchonne, une fatigue dégoûtée… Le lendemain, la place reprit son aspect ordinaire, me laissant juste une pensée lancinante : « Tous ces gradins, on doit donc les cacher dans un lieu secret… »

Une découverte encore plus stupéfiante se fit à la fin de l'hiver : ce lieu n'avait rien de secret !

Un après-midi de février, on nous envoya nettoyer les allées d'un vaste parc en bordure de la ville, et c'est là, dans sa partie la moins fréquentée, que nous tombâmes sur les tribunes du défilé. Personne n'avait songé à les dissimuler, sinon cette neige épaisse, intensément bleue sous le soleil et que nul pied d'homme n'avait entamée…

Le vrai mystère se manifesta d'ailleurs non pas sur les gradins enneigés mais dans les entrailles des tribunes, un espace sombre et transpercé de barres d'acier où je me glissai, suivant trois ou quatre de mes camarades. Les autres, leur pelle à l'épaule, se mettaient déjà en rangs pour repartir à l'orphelinat, alors que nous entreprîmes une longue exploration de ces labyrinthes métalliques.

L'aventure avait, pour moi, un attrait quelque peu sacrilège : tapi sous les marches qu'occupaient d'habitude les dirigeants du Parti, je venais de pénétrer dans le saint des saints du pouvoir, la gradation de la renommée, dans le cœur d'un symbole ! J'identifiai, par en dessous, l'emplacement de l'apparatchik en chef, puis l'enclos de l'intelligentsia…

Un cri venant de l'extérieur rompit ma rêverie. Mes camarades m'appelaient et dans leur ton perçait une mauvaise joie travestie en sollicitude amicale :

« Allez, viens, sors de là ! Il est temps qu'on rentre, le surveillant va encore râler… »

Me faufilant entre deux supports d'acier, je dus franchir une barrière de poutres à mi-hauteur d'homme, me glisser avec plus de difficulté entre les barres suivantes, me courber pour traverser un nouveau croisillon…

Et soudain, je compris que ce labyrinthe, pourtant à claire-voie, était sans issue !

Des esclaffements effrénés répondirent à ma panique. Mes camarades se tordaient de rire, me pointaient du doigt comme si j'étais une bête captive. Des encouragements perfides s'ajoutaient à leurs moqueries :

« Ne t'inquiète pas, tu as tout ton temps jusqu'à demain ! Dors bien, bonne nuit ! On dira au surveillant que tu as décidé de coucher sous les tribunes, ha, ha, ha… »

Et ils s'en allaient déjà, m'oubliant presque. Je connaissais ce mélange de dureté et d'indifférence qu'était la substance même de nos jeunes vies.

La peur me priva de tout discernement. Tel un pantin tiré par les cordes, je m'agitai en répétant toujours la même série de mouvements au milieu d'innombrables poteaux métalliques – courbures, pivotements, glissades, contournements… Parvenant à la dernière rangée de supports, je constatai qu'ils étaient plus resserrés que les précédents et ne me laissaient aucune chance de salut. Je me rendis compte aussi qu'instinctivement j'avais choisi la voie menant vers le soleil et que ce n'était pas la bonne.

Aucune voie n'était bonne dans ce dédale. Je refis l'exercice dans le sens opposé, déjà avec le pressentiment résigné de l'échec. La géométrie de l'acier ne changea pas : croisillons, poutrelles, équerres, lourdes barres profilées… À mi-parcours, je fus frappé par une certitude affreuse : j'étais en train de me déplacer d'une cage à l'autre…

La carcasse des tribunes n'était en fait qu'une succession de cages !

J'allai néanmoins jusqu'au bout de ce dur gymkhana. Je m'entortillais, me pliais en deux, sautais, m'aplatissais… À l'autre extrémité des tribunes – la même armature, le même piège laissant des intervalles trop étroits…

L'affolement fit exploser en moi l'énergie d'un fauve aux abois. Je me retournai, me jetai dans un assaut désordonné, d'une cage à l'autre, ne remarquant plus les chocs contre le tranchant des poutres, ne suivant plus aucune direction précise… Mon front heurta violemment le rebord d'un gradin, ma vue se brouilla, je m'arrêtai et la douleur apporta une accalmie hagarde, l'acceptation morne de la défaite.

Plongé dans une torpeur de condamné, je me vis dans une vaste toile d'araignée, tissée de fer. Aucun recoin n'échappait à ce treillage en trois dimensions. Le ciel, le sol gelé, l'ombre des arbres et le soleil, tout était rayé par des barreaux solides, indifférents à ma présence fiévreuse.

Ma terreur était si profonde que je dus entrevoir dans cet enfermement carcéral une réalité plus vaste, concernant le pays où je vivais et dont je commençais, grâce aux bribes de conversations interceptées ici ou là, à concevoir la nature politique… Bien plus tard, le souvenir de cette camisole de force métallique me ferait penser au désespoir qu'éprouvaient mes compatriotes devant l'omniprésence de la censure et du contrôle policier mais surtout devant l'impossibilité de quitter ce pays, de percer l'armature du Rideau de fer. À travers l'immense territoire, les mêmes tribunes, les mêmes slogans dans les haut-parleurs, les mêmes portraits de dirigeants. Et sous les gradins, ces nasses d'acier, identiques, sans issue. Je ne connaissais pas encore la notion de « régime totalitaire ». Pourtant, la sensation intime de ce qu'on pouvait y vivre me vint à ce moment-là, dans les entrailles froides du symbole…

Je repris ma traversée avec des gestes engourdis de somnambule, guidé par l'espoir vague de passer sous la première rangée des marches, à l'avant des tribunes. Il me fallait maintenant, à chaque pas, me baisser un peu plus, les cages diminuaient à mesure que je progressais vers l'improbable issue. Mon calcul n'était pas faux, la première marche, à une quarantaine de centimètres du sol, aurait pu me permettre de me glisser vers le dehors. Mais c'était compter sans l'épaisseur de la glace, cette couche noire dans laquelle la base de la carcasse était prise. Je m'étendis sur la surface gelée, tentai de passer ma tête sous le gradin, fis tomber ma chapka, la joue contre la neige…

Non, pour échapper, il eût fallu piler cette croûte granuleuse ou bien la faire fondre. L'idée du dégel me vint à l'esprit, juste pour sonder la folie de ce projet : oui, je resterais là jusqu'à l'arrivée des beaux jours d'avril…

Je secouai la tête pour chasser cette vision et c'est alors que je vis une petite tache rouge incrustée dans la glace. Je la touchai et reconnus les restes d'un ballon d'enfant, un de ceux qui fleurissaient les tribunes pendant les deux défilés. Les enfants des notables les laissaient parfois échapper et nous, battant le pavé dans nos rangs enthousiastes, nous regardions ces bulles colorées disparaître au fond du ciel… À présent, j'étais allongé sous l'enclos où l'on rassemblait d'habitude ces enfants et leurs mères. Le ballon rouge avait dû éclater, tomber sous les marches, s'accrocher à une poutre…

J'éprouvai l'abîme qui me séparait de celui qui l'avait perdu, j'imaginai un garçon de mon âge, vivant dans une famille, assistant au défilé non pas au milieu d'une foule d'inconnus mais, sur les tribunes, avec ses parents. Je ne pensai pas «un gosse de riches», je devinai plutôt la texture de cette vie si différente de la mienne, la présence maternelle à ses côtés, la solidité d'un mode d'existence que ce garçon partageait avec quelques autres enfants de l'enclos. L'impossibilité de connaître sa façon de vivre coïncida, dans ma tête, avec mon incapacité de quitter ces cages d'acier.

Moins surpris qu'avant, j'aperçus au-dessus de moi la dépouille d'un autre ballon, bleu celui-ci, qui pendait, coincé entre deux barres. Je tendis ma main et…

Ce fut comme un faisceau de lumière dans le noir : là où était accroché le ballon crevé, les supports métalliques des tribunes formaient des croisillons qui, suivant la montée des marches, semblaient déboucher sur le vide !

L'épreuve fut rude mais l'espoir me donna la force d'un risque-tout. Il fallait m'étaler à plat ventre sur l'intersection des barres, attraper le croisement suivant, me hisser à sa hauteur, comme un vêtement jeté sur une clôture, reprendre mon souffle et, en sentant déjà la douleur de ses tranchants enfoncés dans mon diaphragme, recommencer cette ascension rampante. Traction, équilibre momentané sur une lame, gigotement en lézard, nouvelle prise, nouvelle poussée…

Le dernier élan fut exécuté avec une vigueur presque superflue, avec du dédain pour le monstre vaincu. J'empoignai la barre la plus haute, pivotai, m'accrochai au gradin du sommet, l'enjambai, m'assis sur sa planche enneigée.

J'étais libre.

Et aveuglé de lumière, le regard irisé par l'effort. Sourd aussi, n'entendant que les tambours du sang dans mes tempes. Après un si long emprisonnement, tout me paraissait nouveau, surtout vu de cette hauteur. Un soleil calme, la blancheur des larges clairières, le repos majestueux de grands sapins sous des amas de neige.

Dans l'allée parallèle au fleuve, je vis avec stupéfaction une petite troupe d'enfants qui s'éloignaient lentement, chacun portant une pelle à l'épaule. Je reconnus mes camarades et même cette élève-là, celle que nous appelions «Chaperon rouge», à cause de son bonnet, une fille toujours rebelle à la discipline et qui maintenant marchait à l'écart des autres et semblait dansoter tout en avançant… Mon absence n'avait donc pas été remarquée et mon interminable captivité dans les cages d'acier n'avait en fait duré que quelques minutes !

Je commençai à descendre les gradins, perplexe devant ce temps dédoublé qui me fit douter de la réalité de ma propre personne. Et comme une confirmation à la nouveauté d'un tel état de choses, surgit cette jeune femme.

Elle était venue vers les tribunes, suivant sans doute nos traces dans les congères, avait débarrassé de neige un bout de gradin et, à présent, restait assise, les paupières closes sous la coulée du soleil. Sur ses genoux, elle tenait un livre ouvert.

J'arrêtai ma descente, me figeai, conscient que ce qui se passait n'appartenait pas au monde dans lequel je vivais.

C'était la toute première fois que le sens de la féminité m'apparaissait avec autant d'évidence. Jusque-là, les femmes avaient la stature des ouvrières que nous croisions dans les usines et sur les chantiers, des femmes fortes, souvent marquées par le labeur physique et l'alcool, et que la vie avait forgées à pouvoir tenir tête aux hommes. À l'orphelinat, la féminité était encore moins visible, nous avions tous, garçons et filles, une identité neutralisée : des têtes tondues une fois par mois, des habits de la même flanelle épaisse, un langage dont nous ne remarquions pas la mâle rudesse. Il y avait bien sûr les femmes rassemblées dans l'enclos familial des tribunes, les épouses de notables et d'apparatchiks, mais elles étaient aussi peu réelles que les figures symboliques sur les affiches de propagande.

La jeune femme que je voyais à présent devenait donc, pour moi, la première femme véritable. Féminine était la position légèrement cambrée de son corps. Et ce genou, sous la fine laine d'un bas noir, et qu'un pan de son manteau découvrait avec un naturel innocent et redoutable. Et ce visage, aux yeux fermés, qui semblait s'offrir à une caresse.

Grâce à elle, je compris soudain ce que signifiait être amoureux : oublier sa vie précédente et n'exister que pour deviner la respiration de celle qu'on aime, le frémissement de ses cils, la douceur de son cou sous une écharpe grise. Mais surtout éprouver la bienheureuse inaptitude à réduire la femme à elle-même. Car elle était aussi cette abondance neigeuse qui nous entourait, et le poudroiement solaire suspendu entre les arbres, et cet instant tout entier où se laissait déjà pressentir le souffle timide du printemps. Elle était tout cela et chaque détail dans le tracé simple de sa silhouette portait le reflet de cette extension lumineuse.

La neige crissa sous mon pied, la femme ouvrit les yeux et sur ses cils je vis briller les larmes. Ses traits, pourtant, restaient sereins, presque radieux.

Je descendis, avec une précaution penaude, confus d'avoir rompu sa solitude. Elle baissa la tête vers le livre, une enveloppe y était glissée, en marque-page. D'un geste hâtif elle referma le volume, comme si j'avais pu voler le secret de sa lettre. Tout de suite, elle dut se rendre compte qu'aucune menace ne pouvait venir d'un enfant aussi gêné qu'elle de cette rencontre inattendue. Elle me regarda longuement, cette fois avec un léger sourire.

Arrivé à la dernière marche, je vis passer dans ses yeux une ombre si violemment douloureuse que je me détournai, me précipitant derrière les tribunes.

Le mystère du piège y trouva son explication : une barre d'acier ne tenant qu'à un boulon pouvait être écartée, donnant ainsi accès au labyrinthe…

À la sortie du parc, je croisai deux femmes âgées, des employées de jardinage qui grattaient sans entrain le sol gelé autour des grandes vasques de pierre. L'une d'elles hocha la tête en direction de l'endroit où se trouvaient les tribunes et lâcha un soupir :

« Qu'est-ce que tu veux ?… Il était sous-marinier, son gars. Et en mer, quand arrive un malheur, on n'a ni tombe ni croix… »

L'autre arrêta le grattage, s'appuya sur le manche de sa pelle et soupira elle aussi :

« Oh, tu sais, les croix… C'est peut-être mieux qu'il n'y ait pas de tombe. Elle se remettra plus vite… »

J'attrapai au vol ces paroles et courus rejoindre la petite troupe de mes camarades. Inconsciemment, j'espérais renouer avec nos jeux pour oublier la beauté et la douleur de ce que je venais de vivre.

Cet oubli ne vint jamais. La jeune femme assise sur les tribunes enneigées devint bien plus qu'un souvenir. Une façon de voir, de comprendre, une sensibilité, un ton sans lesquels ma vie n'aurait pas été telle qu'elle allait être. Après notre fugitive rencontre, j'eus un regard tout autre sur les pesants symboles qui célébraient le projet messianique de ma patrie. Tous ces défilés, cérémonies, congrès, monuments… Curieusement, j'avais désormais moins envie de les railler, de critiquer l'hypocrisie des dignitaires qui montaient sur les gradins, de dénoncer ces profiteurs pour qui le rêve d'une société nouvelle n'était qu'un vieux mensonge utile.

Je devinais que la vérité ne se trouvait ni parmi eux ni dans le camp opposé, chez les contestataires. Elle m'apparaissait simple et lumineuse comme cette journée de février, sous les arbres alourdis de neige. La beauté humble du visage féminin aux paupières baissées rendait dérisoires les tribunes, et leurs occupants, et la prétention des hommes de prophétiser au nom de l'Histoire. La vérité était dite par le silence de cette femme, par sa solitude, par son amour si ample que même cet enfant inconnu qui descendait les marches en fut ébloui pour toujours.

J'en suis venu à l'idée que cette femme amoureuse vivait dans un temps qui n'avait aucun lien avec la routine de notre existence rythmée par de grandioses spectacles de masse. Ou bien, peut-être, vivait-elle dans un monde tel qu'il aurait pu être, sans la hargne dominatrice des hommes, sans ces tribunes, sans la toile d'araignée de leurs barreaux.

Cet espoir ranima en moi mon rêve de la ville blanche, des hommes à la conscience nouvelle qui, selon notre institutrice, allaient vivre dans la société future. Oui, ces êtres beaux, sereins qui n'accumuleraient pas et travailleraient passionnément à l'«édification de l'avenir»…

C'est alors qu'avec perplexité je compris qu'une chose manquait à ce sublime projet.

«L'amour…», murmura en moi une voix incrédule. Tout était prévu dans la société idéale : le travail enthousiaste des masses, les progrès fabuleux de la science et de la technique, la conquête spatiale menant l'homme vers des galaxies inconnues, l'abondance matérielle et la consommation raisonnable liée au changement radical des mentalités. Tout, absolument tout ! Sauf…

Je ne repensai pas «l'amour», je revis simplement la jeune femme au milieu du grand calme ensoleillé des neiges. Une femme aux yeux clos et dont le visage se tendait vers celui qu'elle aimait.

Quarante ans plus tard, les secrets militaires étant rendus publics, j'ai appris le nom du sous-marin qui s'était abîmé en mer et avait emporté l'homme dont j'avais entrevu l'ombre aimée sur le visage de la jeune femme assise sur les tribunes des défilés. Les événements se recoupaient : notre rencontre dans le parc avait eu lieu un peu plus d'un an après le naufrage…

L'histoire semblait désormais claire, du début à la fin. Seul restait mystérieux ce reflet de douleur et de sérénité qu'exprimaient les traits de la jeune femme. Une crainte superstitieuse m'empêchait de nommer cette contradiction, j'avais peur, à trop ratiociner, de détruire la beauté fragile de l'instant que j'avais vécu, enfant, au sommet des tribunes. Avec le temps, cette incompréhension a fini par former une de ces réminiscences nébuleuses que nous évitons de préciser, sachant que leur tendresse est due à l'indéfinition même de notre souvenir. Il me suffisait, pour le retrouver, de prononcer ces mots, telle une incantation venant de mon enfance: «C'était la toute première femme dont je suis tombé amoureux.»

Je n'aurais gardé que ce doux écho du passé si, bien des années plus tard, je n'avais pas rencontré, dans le regard d'une autre femme, la même expression d'un amour lumineux et meurtri.

Une ville varoise, que je parcours, entre deux trains, en marchant un peu à l'aventure. Une journée d'hiver aveuglante de soleil et de mistral, l'impression que la force du souffle va tout emporter dans sa radieuse fureur. Et tout s'envole, les nappes en papier et les serviettes sur les terrasses de café, le chapeau de ce vieux monsieur qui réussit à le clouer au sol à l'aide de sa canne, des sacs en plastique qui s'accrochent aux branches nues des platanes, les volets qui claquent, les pans de manteaux que les passantes rabattent, d'un geste de torero, sur leurs corps malmenés… Avec l'émeri poudreux de ses tourbillons, le vent affûte les rayons du soleil, la sonorité des bruits. Les klaxons percent les tympans, les bribes de paroles se projettent en petits éclats tranchants. La ville est un éclair de magnésium d'un photographe d'antan.

Les yeux éblouis, clignant de poussière, je me réfugie derrière un mur, je marche presque à tâtons, avant de découvrir ces dalles et ces croix. Un cimetière, blanc comme les façades, mais derrière une rangée de cyprès, à l'abri du vent, il est possible de revenir à soi, de respirer et, tournant le dos à la mitraille du soleil, de retrouver la lenteur…

Je m'apprête à reprendre ma route, à me jeter dans le déferlement du vent et du feu quand, tout à coup, je vois cette touche sombre figée près d'une dalle. La touche frémit, devient une silhouette de femme, se retourne, longe la haie des cyprès. Un jeune visage, des yeux irisés de larmes… Arrivant à ma hauteur, la femme me sourit faiblement et s'en va vers la sortie. Quand elle disparaît, je m'approche de la tombe qu'elle vient de quitter, lis le nom, fais un rapide calcul : dix-huit ans vécus avant l'an deux mille, plus dix ans après. Vingt-huit ans. Un mari ? Un fiancé ? Un frère ? Mort l'année dernière…

Dans la rue, la blancheur éclatante du soleil me rappelle la luminosité d'une fin d'hiver, dans ma patrie.

Une inconnue assise sur les gradins, dans le grand calme de la somnolence neigeuse. Je viens de retrouver son visage sous les traits de la jeune femme croisée au cimetière. Ce reflet de douleur et de sérénité.

Je comprends qu'il s'agit d'un moment très fugace, et pourtant essentiel, dans la vie d'un être meurtri. Toute la peine est encore là, mais l'amour s'en libère déjà et vit, brièvement, dans sa vérité absolue : le monde avec ses absurdités, ses mensonges et ses laideurs ne s'interpose plus entre la femme et celui qu'elle aime.

Le monde… Je me rappelle les cages d'acier où je m'étais débattu, enfant, sous les tribunes du défilé. Et les hiérarques mornes saluant la foule. Et les guerres, et les révolutions, et les promesses de liberté et de bonheur planétaires qu'on clamait d'Est en Ouest. L'idée me plonge dans un ébahissement sans bornes : il ne reste plus rien de tout cela !

Au fond de la rue, je peux encore distinguer la jeune femme en noir qui vient de s'en aller. Un sentiment de communion intense. Puis sa silhouette se fond dans l'impétuosité bleue et dorée du mistral.

III

La femme qui a vu Lénine

Au début, on nous présenta un homme. Très officiellement, ce quinquagénaire se prévalait d'être un élu de l'Histoire et le jour anniversaire de la naissance de Lénine, le 22 avril, il était invité dans les écoles de la ville pour parler aux élèves de sa brève rencontre avec le guide de la révolution prolétarienne. Un matin, en accord avec l'emploi du temps certainement très chargé de ses tournées, il vint dans notre orphelinat.

L'attente de sa visite nous causa une émotion très vive et peut-être comparable, toutes proportions gardées, avec le choc qu'aurait provoqué l'apparition, dans un collège français du temps de Jules Ferry, d'un grognard napoléonien ayant frôlé de sa moustache farouche la main potelée de l'Empereur.

L'homme entra, sourit et parla avec une fluidité étonnante, avec brio même, faisant des pauses pour que nous puissions pousser un «ah!», baissant la voix quand l'intrigue du récit faisait naître un suspens. C'était un professionnel. Le doute se mit à nous tarauder dès les premières minutes de son numéro.

D'abord, il nous parut beaucoup trop jeune. Nous avions imaginé un vieillard chenu, courbé, couvert de balafres. Car venant de la nuit des temps qu'était, pour nous, l'époque de la révolution de 1917, il aurait dû nécessairement avoir combattu pendant la guerre civile et aussi celle contre Hitler. Oui, nous aurions préféré un grenadier moustachu, dans sa version russe, évidemment. Mais il était rose, poupon, lisse et ressemblait à un bon petit apparatchik komsomol de l'imagerie officielle.

Notre professeur d'histoire, une très belle femme d'une trentaine d'années, fut elle-même déconcertée par l'apparence juvénile du visiteur.

«Vous ne faites pas du tout votre âge!» s'exclama-t-elle et ses joues s'empourprèrent légèrement.

L'homme lui lança un clin d'œil franchement canaille et murmura :

«Quand on rencontre tant de jolies enseignantes…»

Nos doutes ne firent que s'en renforcer.

S'agissait-il d'un imposteur? L'hypothèse est à exclure. La formation idéologique était une affaire hautement sérieuse et le contrôle exercé par le Parti sur ce genre d'interventions publiques, trop vigilant. Sans être passé au détecteur de mensonges, le conférencier avait sûrement fait l'objet de vérifications minutieuses, de récolements biographiques, de tests de personnalité. Car on ne plaisantait pas avec l'image du fondateur de l'État. Chaque jour de la vie de Lénine était consigné par une armée d'historiographes et il était donc hors de question de laisser s'y introduire un faussaire.

Non, l'homme ne mentait pas, il avait dû véritablement rencontrer le théoricien du communisme.

Son physique jeunet surprenait mais, après tout, à la cinquantaine bien passée, sur un plan purement chronologique et pendant un laps de temps assez court, il avait pu coexister avec Lénine. Nous étions à la fin des années soixante, donc l'homme était né vers 1910-1913. Lénine se déplaçait sans trop de difficultés jusqu'en 1922, avant que sa maladie ne l'immobilise complètement. Le conférencier, selon ses dires, avait neuf ans au moment de leur rencontre historique. Donc, elle était plausible.

«L'entrevue a été brève, nous confia-t-il. Vladimir Ilitch était venu dans notre village pour assister à la mise en œuvre de la politique de la mécanisation du monde rural décidée par le Parti. Les membres du soviet local voulaient surtout lui montrer un nouveau tracteur. Et c'est durant cette démonstration que la pire catastrophe s'est annoncée, paraissant inévitable…»

La voix de l'homme devint sourde, menaçante. Il fronça les sourcils, gonfla ses narines comme s'il avait flairé un malfaiteur embusqué parmi nous. Nous l'écoutions, le souffle suspendu, nous demandant quel était cet horrible malheur qui allait frapper Lénine. Nous savions déjà que le Guide fut victime d'un attentat et que la paysannerie d'autrefois, la partie la plus ignorante, la plus arriérée des masses travailleuses, refusait d'accepter les bienfaits du travail collectiviste. Le conférencier chuchota sur un ton de conspirateur :

« Le tracteur que le soviet devait présenter à Lénine, oui, ce tracteur pourtant parfaitement neuf, tomba en panne ! »

Un silence glacial figea la classe. Âgés de douze ou treize ans, nous étions assez grands pour ne pas ignorer ce qui arrivait aux ingénieurs incapables de mettre en œuvre la politique du Parti. Sous Staline, on envoyait vite ces « saboteurs » dans les camps. La pause que fit durer le conférencier servait à nous faire sentir la possibilité d'un tel dénouement. Je pense que si, à ce stade de sa narration, il avait annoncé : « Et alors Lénine a ordonné de les fusiller tous ! », nous n'aurions pas été excessivement surpris. Peut-être aurions-nous même applaudi cette mesure, sévère mais utile au succès de la collectivisation… Aujourd'hui, une pareille réaction chez les enfants que nous étions paraîtrait d'une cruauté invraisemblable. Mais nous vivions, à l'époque, dans un monde où les ennemis à démasquer étaient partout. L'endoctrinement que nous subissions, souvent sans nous en rendre compte, avait pour base la haine d'une large catégorie des humains hostiles au bien-être de notre pays. Le Parti déterminait, selon le contexte historique, lesquels de nos semblables entraient dans cette catégorie. Et puis, bien plus réellement, les conséquences de l'invasion nazie étaient encore dans toutes les mémoires et dans beaucoup de corps mutilés…

La voix du conteur, jusque-là lugubre, se teinta soudain d'une exaltation attendrie :

« Alors, pour encourager les gens, Lénine a demandé au mécanicien de lui expliquer ce qui n'allait pas. Celui-ci, touché aux larmes par le ton amical de Vladimir Ilitch, s'est mis à répondre à ses questions, et c'est comme cela, guidé par les interrogations toujours judicieuses du grand Lénine, qu'il a compris où se cachait la cause de l'avarie. Un quart d'heure plus tard, le moteur redémarrait et la charrue accrochée au tracteur traçait son premier sillon. Le premier sillon de la nouvelle vie ! »

L'homme claqua dans ses mains pour déclencher nos applaudissements disciplinés. Son histoire était impeccablement bien tournée. Le meilleur jongleur, au cirque, n'est pas celui qui montre tout de suite la perfection, mais cet as rare qui, faisant valser dans l'air une dizaine d'objets, en laisse échapper un ou deux, pour faire sentir au public à quel point l'exercice est ardu. Pour exacerber aussi la curiosité et la tension. Et quand, enfin, les spectateurs se mettent à douter de ses capacités, hop ! tous ses jouets s'envolent dans une ronde rythmée et sans accroc. Notre conférencier avait usé du même procédé :

un tracteur se rebiffe, tout espoir semble perdu, et voilà que l'intervention du Guide produit un miracle. Nous l'avions en tout cas perçu ainsi car, pour notre génération, Lénine restait un mélange de héros mythique et de thaumaturge. Un esprit bienfaisant, un grand-père juste et indulgent, très différent du féroce Staline dont le Parti venait de reconnaître les forfaits et qui, comme le suggérait le conférencier, aurait sans doute jeté le mécanicien en prison.

Nous applaudissions, mais le cœur n'y était pas. Le comédien avait «surjoué», dirions-nous aujourd'hui. Oui, cet «homme qui avait vu Lénine» était un imprésario de l'Histoire officielle, un bateleur de foire, un cabotin… Il quitta la salle avec l'aisance déhanchée d'un chanteur de variétés, un sourire charmeur aux lèvres, un nouveau clin d'œil à notre belle professeur d'histoire.

Nous étions si loin de l'austère grognard boucané par le feu des canonnades !

La déception retint dans la classe un groupe d'élèves, dont moi. Nous entourâmes l'enseignante, perturbés, confus.

«Il était vraiment trop… Trop propre !» osa un de mes camarades.

L'adjectif, apparemment déplacé (justement d'un usage impropre), exprimait pourtant la vérité : oui, un homme trop soigneux, trop lisse, privé des effluves âpres de l'Histoire.

Notre professeur déchiffra l'arrière-pensée et se hâta de nous venir en aide pour ne pas nous laisser sombrer dans l'apostasie.

«Écoutez, il faut comprendre une chose, murmura-t-elle à la manière d'une confidence, il était enfant au moment de la rencontre avec Lénine et donc, forcément, quand il s'en souvient aujourd'hui, cela le rajeunit… Mais vous savez, je connais… enfin pas tout à fait personnellement, une dame âgée qui était très liée à Lénine et l'a fréquenté quand il vivait en Suisse et en France… Elle habite dans un village, à une trentaine de kilomètres de notre ville. Je vais essayer de me renseigner pour trouver son adresse exacte…»

Le domicile de la vieille dame n'était pas facile à localiser. C'est seulement vers la mi-juin que notre professeur nous transmit le nom de la bourgade, Pérévoz, qu'on pouvait rejoindre en prenant un petit train qui desservait un chapelet de banlieues, de hameaux et de simples arrêts donnant accès aux exploitations forestières. Elle nous montra même, dans un gros livre, une photographie en noir et blanc où l'on voyait une femme d'âge mûr, aux traits puissamment sculptés, aux grands yeux sombres. Sa posture à la fois imposante et voluptueuse évoquait la souplesse charnelle des femmes orientales. Bien des années plus tard, je me rendrais compte qu'elle ressemblait au célèbre portrait de George Sand vieillissante…

Depuis le passage du conférencier, la plupart des élèves avaient eu le temps d'oublier ces fantômes de l'époque révolutionnaire, et le jour de l'expédition, nous étions seulement six à partir. Le comble, aucun autre garçon ne voulant venir, je me retrouvai en compagnie de cinq filles.

Cette sortie représentait pour elles un événement mondain considérable, jamais encore nous n'étions partis en visite chez une personne n'appartenant pas à l'univers clos de l'orphelinat. Je constatai qu'elles s'étaient procuré du rouge à lèvres et s'étaient charbonné les cils et les paupières. La maturité rapide des filles, à cet âge, est bien connue. J'avais l'impression d'être un garçon d'honneur accompagnant cinq fiancées. Heureusement, à l'aller, le train était presque vide.

Plus dessalées que moi, elles avaient dû deviner ce qu'il y avait de piquant dans la subite apparition d'une femme auprès de Lénine. Le Guide, cet être radicalement asexué, se dotait tout à coup d'une profondeur psychologique troublante qui le rendait mystérieusement vivant, bien plus consistant que la momie, pourtant réelle, exposée dans son mausolée sur la place Rouge. On aurait pu imaginer une statue de Lénine qui se serait mise à bouger, à lancer des œillades, prête à nous dévoiler les secrets de son intimité.

À l'adresse indiquée, dans le village de Pérévoz, nous découvrîmes une longue bâtisse, sans étages, bordée de plates-bandes où poussaient surtout des mauvaises herbes. Les murs étaient peints d'un bleu très clair, la couleur des bleuets, au moment où ils commencent à se faner, à se décolorer.

Il y avait visiblement erreur, « la femme qui a vu Lénine » ne pouvait aucunement habiter dans un pareil gourbi. Nous sonnâmes et, après une attente épiant chaque bruissement, poussâmes la porte…

L'intérieur présentait un aspect encore plus désolant : un long couloir sombre, de petites fenêtres d'un côté, des portes de l'autre, l'apparence d'une caserne ou d'un foyer pour célibataires. Même notre orphelinat nous sembla plus accueillant que ce gîte impersonnel. Les ténèbres du fond s'éclairèrent sous une maigre ampoule nue et une voix à la fois fatiguée et hargneuse cria :

« Elle n'est pas là. Partie à la ville. Sais pas quand elle sera de retour… »

Une femme de ménage ou une gardienne surgit, nous répétâmes le nom de la dame que nous cherchions, sûrs qu'enfin la bonne adresse allait nous être communiquée.

« Oui, c'est bien elle, répliqua la gardienne. Chambre numéro neuf. Mais elle n'est pas là, je vous dis. Elle est chez son fils, à Moscou. Revenez dans un mois… »

Elle avança, nous repoussant doucement vers la sortie.

Déconcertés, nous fîmes le tour de la maison qui aurait pu paraître inhabitée si, à deux ou trois fenêtres, nous n'avions pas remarqué des vieilles faces ridées qui nous fixaient entre deux pots de géraniums. La découverte fut pénible : « la femme qui a vu Lénine » finissait ses jours parmi ces ombres blêmes ! On eût dit un repaire de sorcières…

Les filles, pas vraiment découragées, décidèrent de voir le bon côté des choses :

« Au moins ici, on peut fumer sans que les surveillants viennent nous casser les pieds. »

Elles allumèrent leurs cigarettes et paradèrent dans la rue de la bourgade, telles des stars débarquant dans une province perdue. Cette rue unique, des maisons de bois aux toits affaissés, l'impression d'un grand abandon, d'une vie proche de l'extinction. La journée était grise, le vent se levait parfois, parcourait les feuillages lourds avec un chuchotement plaintif, précipité…

Un seul habitant daigna contempler les cinq jeunes beautés : cet homme, visiblement ivre, assis derrière la fenêtre ouverte de son isba. Il portait un débardeur délavé sur un corps bleu de tatouages. Au passage des divas, ses joues sous une barbe inégale se plissèrent dans un rictus peu rassurant. Et tout à coup, d'une voix étonnamment belle, il entonna :

Là où une mer d'azur caresse une île de marbre,
Une magicienne m'attend dans son château doré
Et chaque nuit, couchée sous l'éventail d'un arbre,
Elle pleure et m'appelle…

« Qu'elle aille se faire foutre sous son arbre ! » conclut-il abruptement et en jetant un regard rogue à mes fiancées.

Il disparut d'un coup, comme s'il était tombé à la renverse sur le plancher, ainsi que culbutent les pantins dans un théâtre de marionnettes.

Les filles revinrent précipitamment vers moi, leur unique défenseur.

« Le train est à seize heures vingt, on rentre ! me dirent-elles, assumant l'échec de leur défilé de mode. On va attendre à la gare, au buffet. C'est plus marrant que dans ce trou. Inutile de rester. Cette amie de Lénine ne viendra pas, c'est clair.

— Moi je reste. Je suis sûr qu'elle viendra.

— Fais gaffe, le train de seize heures vingt c'est le dernier, si tu le rates, toutes ces vieilles sorcières vont te bouffer les… les oreilles, ha, ha, ha ! »

Elles partirent vers la gare, la rue devint vide, juste un mégot fumait dans la poussière de la route. J'hésitai, puis revins vers la maison bleue.

Dans la rangée de ses fenêtres obstruées d'herbes folles, aucun visage ne se montra cette fois. Les pensionnaires venaient probablement de se rassembler dans la salle à manger. Ou bien déjeunaient-elles chacune dans sa chambre?

Hésitant sur la tactique à adopter, je poussai la porte d'entrée et me retrouvai nez à nez avec la gardienne attablée. Elle avait ouvert sa petite loge et y prenait un repas. Je remarquai surtout une bouteille de vin posée au sol, derrière un pied de la table, ce qui permettait de cacher cette libation solitaire en cas de visite inopinée d'un supérieur. L'étiquette de la bouteille m'était connue : un vin de mauvaise qualité, un tord-boyaux que les gens appelaient l'« encre », à cause de sa couleur de brou.

La gardienne me reconnut facilement (un garçon parmi cinq filles!) et au lieu de la rebuffade à laquelle je m'attendais, son accueil fut presque tendre :

« Mais non, elle n'est toujours pas rentrée, notre pauvre dame… Eh oui, je dis vrai : pauvre dame… »

Son regard se brouilla d'un voile de mélancolie. Elle venait d'atteindre, je pense, ce palier d'ébriété qui nous rend, momentanément, doux, prêts à pardonner, à comprendre.

« Viens, mange un peu! » m'invita-t-elle en apercevant avec quelle avidité j'avalais ma salive.

Elle me tendit du pain, coupa une rondelle de saucisson. Puis, d'un large mouvement de pied, poussa vers moi un petit tabouret et me regarda manger d'un air apitoyé.

« Bien sûr qu'elle est pauvre! s'exclama-t-elle au bout d'un moment comme si j'avais émis quelque réserve sur la véracité de ses propos. Ce n'est même pas qu'elle soit fourguée là, dans cette baraque. Quand on est vieux, on n'a pas besoin de châteaux. Non, c'est que… il n'y a personne pour l'aimer… »

La gardienne renifla, s'essuya les yeux avec la manche de sa blouse, parla d'une voix cassée :

« Elle avait pourtant un mari… Mais il l'a trahie, le salaud. C'était après la guerre, tu n'étais pas encore né. Elle a été arrêtée et son mari pour sauver sa peau l'a reniée. Il l'a même accusée en disant qu'elle était ennemie du peuple et… comment on le dit déjà… cosmo… conso… enfin, qu'elle n'était pas patriote, quoi. Et il a divorcé. Ils avaient une fille et un fils. Quand Staline est mort, on l'a relâchée, sauf que personne de sa famille ne voulait plus d'elle. Son mari en avait depuis longtemps épousé une autre. Et ses enfants s'étaient fait une belle situation à Moscou, ils avaient honte de cette mère qui sortait de prison. En plus, elle n'avait plus un sou et pas de logement… Regarde ce qu'elle m'a donné comme cadeau… »

La gardienne plongea une main dans un tiroir, sortit un joli peigne rond, le planta dans ses cheveux, avec une coquetterie de jeune fille. Et captant dans mon regard un reflet d'ahurissement, elle se hâta d'enlever le peigne et bafouilla plus vite, pour conclure son récit :

« Elle a une retraite de misère mais elle est prête à donner son dernier kopeck. Même à Sachka, notre

65

chanteur, tatoué pire qu'un Papou… Voilà, et maintenant, file! Assez bavardé. Je t'ai bien dit, elle n'est pas là et je ne sais pas quand elle rentrera. De toute façon, elle ne parle jamais de Lénine. Allez, ouste!»

Elle se leva, soudain de mauvaise humeur, me donna de petites tapes dans le dos pour me diriger vers la porte. Je devinai qu'elle avait besoin d'une nouvelle gorgée d'alcool pour revenir vers ce niveau d'ivresse qui remplit nos cœurs d'une ruisselante compassion.

Je sortis, à la fois plus instruit et moins sûr de ce que je savais. «La femme qui a vu Lénine» jetée en prison! Oubliée des siens. Aidant de ses maigres deniers un ivrogne tatoué… Tout cela était trop éloigné de nos manuels d'histoire et du récit que nous avait fait le juvénile conférencier bateleur.

Désemparé, je passai un moment à traîner dans la rue déserte du bourg, dépassai la maison de l'ivrogne Sachka, allai jusqu'aux premiers arbres du bois qui descendait vers une large vallée couverte de prairies qu'aucune faux n'avait menacées depuis longtemps. Une moissonneuse-batteuse brunie de rouille dormait, tous pneus crevés, entourée de cette abondance d'herbes et de fleurs. Le silence semblait décanté par l'attente de la pluie. Même les oiseaux s'étaient tus. Ma propre présence m'angoissa, je me sentis égaré dans des années bien antérieures à ma vie. Je décidai de revenir à la gare, rejoindre mes cinq fiancées.

En repassant près de la maison bleue, j'eus une idée qui piqua ma curiosité. « La femme qui a vu Lénine » vivait dans la chambre 9. La chambre 1 se trouvait juste après la loge de la gardienne. Et comme il n'y avait qu'une fenêtre par chambre, il me serait facile de retrouver celle de la chambre 9. Fier de mes déductions, je me faufilai le long du mur, en voleur, courbé bas et jetant des regards rapides à l'intérieur de chaque pièce : chambre 1, 2, 3, 4…

J'étais sûr que dans la chambre 9, la toute dernière de la rangée, je verrais un portrait de Lénine, peut-être même des photos de lui en compagnie de la dame que nous cherchions.

Mon cœur battait très fort quand, lentement, je pointai mon nez dans l'embrasure de la fenêtre. Je vis d'abord une étroite table de travail, un pupitre plutôt sur lequel étaient rangés, dans un ordre parfait, quelques livres, un stylo, une rame de papier. Un des volumes restait ouvert, des traits de crayon marquaient les pages d'une lecture interrompue… Puis ce fut un lit, une couverture tirée à la militaire. Une lampe, très simple, d'un modèle archaïque. Et enfin, ce portrait. Ce n'était pas Lénine. Un homme jeune, portant l'uniforme d'un cavalier de l'armée Rouge, un long manteau et ce chapeau, calqué sur un heaume, la fameuse *boudionovka*…

La femme était absente, la gardienne n'avait pas menti. Sans plus me cacher, je me collai à la vitre, avec l'impression de traverser une vitrine de musée où l'on voit la reconstitution d'un cadre de vie dans un passé reculé. Tout ce petit espace était rempli de livres et le reste des murs, couvert de photos. Des vues de quartiers dont l'architecture ressemblait très peu à celle de nos villes russes. Des portraits de groupe, une teinte tirant sur l'ocre, des poses statiques qui trahissaient l'ancienneté des clichés…

Et puis cette photo-là : une jeune femme aux longs cheveux sombres, une mère qui tenait dans ses bras un enfant au regard curieusement dirigé de côté.

« Cela t'intéresse ? »

Je sursautai, m'écartant brusquement de la fenêtre et percutant celle qui venait de m'interpeller. Je me retournai, la bouche bée, cherchant des excuses, des justifications. Une adolescente, à peine plus âgée que moi, me dévisageait sans crainte, sans animosité non plus, ce qui m'enhardit et me laissa le temps de l'observer : une riche chevelure sombre, retenue par un ruban écarlate, de grands yeux noirs, l'air assez adulte et qui, mystérieusement, me parut connu… Je me hâtai d'expliquer mon espionnage par des raisons nobles :

« C'est pour nos cours d'histoire. Je voudrais rencontrer la femme qui a vu Lénine…

— Moi aussi, enchaîna la fille. D'ailleurs, ce n'est pas la première fois que je viens par ici. Mais elle n'est jamais chez elle… Je m'appelle Maïa. »

Je me présentai, un peu gauchement, sentant qu'elle

appartenait à un univers où les contacts entre hommes et femmes, enfants et adultes, étaient plus déliés, facilités par des codes de politesse que mes camarades ignoraient ou bien considéraient comme marques de faiblesse.

Nous nous éloignâmes de la maison bleue, marchâmes lentement devant nous, suivant la seule rue du bourg. Je me sentais assez mal à l'aise, craignant de laisser échapper un de ces gros mots dont était composé notre langage habituel, à l'orphelinat, comprenant aussi qu'un lien invisible venait de se créer entre la jeune fille et moi, et qu'il fallait être digne d'un tel cadeau du destin. Cette Maïa était d'une beauté rayonnante qui devenait, de minute en minute, plus magique, presque désespérante, suggérant toujours la secrète ressemblance avec un visage que je ne parvenais pas à retrouver dans ma mémoire. Par-dessus le marché, l'heure du train était proche et je me voyais déjà surgir avec cette nouvelle compagne devant mes cinq fiancées. Leurs moqueries, des coups d'œil taquins que les passagers allaient me lancer au milieu de mon harem…

La voix de Maïa calma peu à peu mes craintes. C'était une voix plus grave que les intonations auxquelles on pouvait s'attendre chez une adolescente de treize ou quatorze ans. Plus mélancolique également.

« Cette femme qui a vu Lénine, elle s'appelle Alexandra Guerdt. Son frère avait été tué à la Première Guerre mondiale et depuis elle n'avait qu'un rêve : débarrasser la terre des gouvernants qui envoient les jeunes à la mort, qui affament leurs peuples, qui pillent les faibles. C'était un rêve de fraternité planétaire, de bonheur partagé. À l'époque tsariste, elle était en émigration, en Europe, et c'est là qu'elle a rencontré Lénine. Il l'appréciait beaucoup et lui confiait même certaines missions clandestines. Ils échangeaient des lettres spéciales, un texte banal, mais entre les lignes, des mots tracés avec du lait. Oui, du lait! Il fallait tenir le papier au-dessus d'une flamme et alors les mots apparaissaient… Après la révolution, elle travaillait dans son entourage. Elle vivait avec un homme, un ancien commandant de cavalerie dans l'armée Rouge. À la fin des années trente, il a été accusé de trahison et fusillé. Comme ils n'étaient pas mariés, elle n'a fait que deux ans de prison, on l'a laissée sortir parce que la guerre contre Hitler venait d'éclater. Elle parlait plusieurs langues et surtout l'allemand, Staline a décidé qu'elle pouvait être utile… Et puis, après la guerre, elle a été condamnée au moment de la lutte contre le cosmopolitisme…

— Comment? Kom-so-politisme? C'est quoi, ça? Des komsomols politiques?

— Non, c'est… enfin, il y avait des gens qui étaient suspectés de ne pas suffisamment aimer leur patrie. Et c'est alors que son mari (elle l'avait rencontré pendant la guerre) l'a reniée, mais surtout il a élevé leurs enfants dans le mépris pour leur mère. Elle était trop éprouvée par les camps pour engager un combat. Désormais, elle vivait seule. Bien des années plus tard, on l'a reconnue innocente, on lui a même rendu sa carte du Parti et les historiens ont écrit sur elle. Alors sa famille a voulu renouer. Mais elle a toujours refusé... »

Nous arrivâmes à l'endroit où somnolait la vieille moissonneuse-batteuse. Le ciel de cette journée de juin était devenu encore plus gris et le vent passait dans les arbres avec une sonorité triste d'automne. Il était temps de retourner à la gare. Maïa se taisait, le regard perdu dans les lointains brumeux des champs et, de temps en temps, elle secouait doucement sa tête, comme pour exprimer un refus, dans une rêverie où je n'avais plus aucune place. J'avais pourtant tellement envie d'exister pour elle ! Il fallait tenter une ruse, et c'est ainsi que, sur un ton enjoué et flatteur, je déclarai en claquant de la langue :

« Ça alors ! Tu connais drôlement bien l'histoire, tu as dû lire plein de bouquins là-dessus... »

Elle s'éveilla, me sourit vaguement et murmura :

« Pas tant que ça. Et puis, tu sais, dans les livres, cette femme qui a vu Lénine apparaît sous son pseudonyme de jeune révolutionnaire. Le nom que je t'ai donné, son vrai nom, Alexandra Guerdt, peu de gens le connaissent. »

Elle se tut de nouveau et je sentis en elle la violente tension d'une corde. Sa voix résonna avec une musicalité proche des larmes :

« Moi, je connais ce nom, parce que Alexandra Guerdt est… ma grand-mère. »

Elle n'éclata pas en sanglots, mais respira par saccades tout en essayant de parler :

« J'ai des cousins qui habitent dans votre ville. Mais ma famille vit à Moscou. J'ai menti à mes parents en disant que je voulais passer une semaine chez mon oncle et ma tante. Tout cela pour pouvoir venir ici, à Pérévoz. Aujourd'hui, c'est le dernier jour. Demain, je repars à Moscou. Je n'ai jamais pu rencontrer ma grand-mère. Mon père dit que c'est une vieille folle. Et ce village, tu as vu, quel désert ! J'ai demandé cent fois à la gardienne, elle m'a chassée et de toute façon elle ment. Je ne sais pas où ma grand-mère pourrait être. Elle est trop âgée pour de longs voyages et puis… Elle est vraiment très pauvre. »

Nous remontions la rue en direction de la gare. La fenêtre de l'ivrogne était largement ouverte, j'accélérai le pas pour éviter à Maïa une souillure de jurons ou un couplet graveleux. Mais c'est par-delà une haie de framboisiers que Sachka nous interpella et sa voix forte était, cette fois, colorée d'une étrange lassitude :

« Allez, rentrez vite, jamais vous ne la verrez, notre bonne Alexandra. Parce qu'elle n'a rien à faire des faux culs comme vous. Dès que les curieux se pointent, elle ferme la porte et s'en va vite dans la vallée. Elle connaît les horaires. Tous ces petits cons qui veulent la voir arrivent par le train de midi et repartent avec celui de seize heures vingt. Moi aussi je les connais, les horaires. Je ne connais que ça. Et maintenant, grouillez-vous, fichez-nous la paix!»

Il disparut avec la même brusquerie que la première fois.

Nous restâmes un moment interdits, l'un face à l'autre, puis, d'un accord muet, nous nous mîmes à courir vers la vallée.

Juste derrière l'épave de la moissonneuse-batteuse, la prairie accentuait sa pente. Du haut, derrière les broussailles, se découvraient les berges d'un courant et, au milieu des saules, un sentier noyé sous des herbes sauvages. Une silhouette sombre, très lointaine encore, avançait lentement, le long de la rivière, vers le village. Malgré la distance, je reconnus l'ample chignon de cheveux blancs, une stature droite, imposante. En une parcelle de seconde, toute l'histoire que je venais d'entendre, ce destin tragique qui avait traversé le siècle, se condensa dans une présence humaine.

«Vas-y, Maïa! Maintenant tu dois aller vers elle, ne l'attends pas ici. File!»

Mon chuchotement était brûlant d'émotion.

«Non, j'ai peur, murmura-t-elle, je ne pourrai pas. Elle ne voudra jamais me voir. Elle me chassera. Je ne peux pas!»

Je vis ses yeux se gonfler de larmes.

« Si, il faut que tu le fasses ! Mais tu dois aller à sa rencontre. Vas-y ! »

Je la saisis par le bras, pour l'entraîner. Elle résista.

« Bon, alors, fais ce que tu veux. Tu n'es qu'une pauvre dégonflée ! Une petite pétasse de Moscovite ! Moi, j'ai mon train. Je ne vais pas perdre mon temps avec une gourde de ton espèce. »

Lui tournant le dos, je me précipitai vers le village.

Je me retournai une seule fois, près de la moissonneuse-batteuse. En contrebas, dans la vallée, je vis Maïa lancée dans une course folle, son ruban avait disparu, ses cheveux dénoués lui battaient les épaules. Et plus loin, entourée d'une infinie étendue verte et argentée, une vieille dame de grande taille attendait, immobile, sur la pente du sentier.

De tout mon être, je sentis alors que j'étais follement, désespérément, amoureux. Pas seulement de Maïa et de ses boucles noires qui volaient dans le vent de sa course. Mais aussi des herbes qui ondoyaient à son passage, et de ce ciel gris, triste, et de l'air qui sentait la pluie. J'étais amoureux même de ce vieil engin agricole aux pneus crevés, je le devinais absolument nécessaire à l'harmonie qui venait de se créer sous mes yeux…

J'arrivai cinq minutes après l'horaire, mais le train avait du retard. Sur le quai, la foule attendait, compacte, prête à foncer, avec l'espoir de trouver une place assise. Près du petit bâtiment de la gare, à travers le va-et-vient des passagers, je vis Sachka l'ivrogne, assis par terre. Il était bien plus âgé que je ne l'avais cru. Des mèches grises lui collaient au front. Il chantait, les yeux presque clos. On ne voyait pas ses tatouages car il avait mis une veste dont le devant portait quelques médailles de la dernière guerre…

Quand le train arriva, les gens avancèrent vers les rails, Sachka resta seul, je lui jetai un coup d'œil d'adieu et, soudain, je vis qu'il était amputé des deux pieds. Une casquette poussiéreuse traînait devant ses moignons. Une paire de béquilles se dressait, appuyée sur le mur de la gare. Pendant que la foule se ruait dans les wagons, il entonna le couplet que j'avais déjà entendu :

Là où une mer d'azur caresse une île de marbre,
Une magicienne m'attend dans son château doré,
Et chaque nuit, couchée sous l'éventail d'un arbre,
Elle pleure et m'appelle ! Jamais je ne viendrai…

Durant l'été, comme chaque année, nous travaillâmes loin de la ville, sur des chantiers et dans des champs de kolkhozes. À la fin du mois d'août, le jour de notre retour à l'orphelinat, un surveillant me transmit une lettre qui m'attendait depuis juin. La seule que j'aie jamais reçue de toute mon enfance. Un envoi personnellement adressé à un élève représentait un événement marquant, exceptionnel même, et avait dû éveiller une certaine curiosité. L'enveloppe avait été ouverte et la missive, sans doute lue. Elle ne contenait d'ailleurs rien de secret. Quelques nouvelles de la capitale, le récit d'un film que Maïa venait de voir avec une amie... Elle avait signé d'un seul «M» et n'écrivait, somme toute, que pour me souhaiter de bonnes vacances.

J'étais infiniment heureux et, en même temps, terriblement déçu: des mots si précieux et si neutres! Et aussi, une courte phrase bizarre, en post-scriptum, ce conseil qu'elle me donnait de boire du lait... Du lait? Eh bien, je ne manquerais pas de boire du lait.

Le lendemain, en relisant sa lettre pour la centième fois, je fus frappé par une illumination: le lait! Pauvre idiot, comment avais-je pu ne pas comprendre tout de suite?

Le soir, je disposais de tout ce qui m'était nécessaire: un bout de bougie, des allumettes, une loupe. Je me cachai derrière une remise, dans la cour de l'orphelinat, et m'assurant qu'aucun fâcheux ne pourrait perturber mes activités clandestines, je m'adonnai à une œuvre d'alchimiste. La bougie brilla, la flamme chauffa le papier qui se mit à révéler lentement le message caché. Les mots tracés par une plume trempée dans une goutte de lait firent apparaître leurs contours légèrement jaunis, à peine visibles mais déchiffrables quand même.

Maïa écrivait: «Je sais maintenant pourquoi Alexandra Guerdt ne voulait plus parler de son passé. Pendant la guerre civile, elle travaillait dans le secrétariat de Lénine. Un jour, elle a lu le télégramme qu'il venait de dicter à l'adresse d'un commissaire politique. Dans une ville qui résistait à l'autorité des Soviets il fallait, disait Lénine, tuer 100 – 1 000 personnes, pour l'exemple. Le nombre était indiqué de cette façon-là, par un simple tiret : oui, Lénine ordonnait d'exécuter entre cent et mille hommes, en représailles, à la convenance du commissaire… Alexandra s'est indignée : un trait de crayon rayait des centaines d'êtres vivants. On lui a ri au nez. Elle a claqué la porte… Aujourd'hui, elle pense que ce monde fraternel dont elle rêvait a été aussi anéanti par ce tiret… J'espère te revoir un jour. Peut-être sur une île de marbre ! Et n'oublie pas, pour de vrai, de boire du lait. Maïa. »

Tout au long de ma vie, me souvenant d'Alexandra Guerdt, je ne pouvais pas l'imaginer malheureuse. Bien au contraire, une profonde joie, calme et patiente, entourait ces lointains jours d'été, dans un village perdu où elle continuait à exister pour moi. À ce point que l'expression même du bonheur sur cette terre a fini par s'incarner dans une journée éteinte de juin, l'étendue pâle d'une vaste vallée aux herbes hautes et la course éperdue d'une toute jeune fille vers une femme âgée qui commençait à sourire doucement.

IV

Une doctrine
éternellement vivante

Notre erreur fatale est de chercher des paradis pérennes. Des plaisirs qui ne s'usent pas, des attachements persistants, des caresses à la vitalité des lianes : l'arbre meurt mais leurs entrelacs continuent à verdoyer. Cette obsession de la durée nous fait manquer tant de paradis fugaces, les seuls que nous puissions approcher au cours de notre fulgurant trajet de mortels. Leurs éblouissements surgissent dans des lieux souvent si humbles et éphémères que nous refusons de nous y attarder. Nous préférons bâtir nos rêves avec les blocs granitiques des décennies. Nous nous croyons destinés à une longévité de statues.

Le paradis qui m'a appris à ne pas me prendre pour une statue se trouvait dans un lieu difficile à définir. Un espace intermédiaire entre une immense zone industrielle et un coin d'ancien village qui se mourait sous l'avancée d'une architecture cyclopéenne : énormes bâtisses en béton, cylindres d'acier dressés vers le ciel, entremêlement de gros tubes, ce système veineux qui alimentait les machines et les cuves dont on entendait le brouhaha et le soufflement derrière les murs.

Après mes cours, en ces journées ensoleillées de mars, je traversais une banlieue entourée de voies de chemin de fer, passais sous un large viaduc noir, longeais les murs d'une usine et, suivant les rails rouillés qui menaient vers un vieil embarcadère sur la Volga, j'arrivais dans cet endroit difficile à nommer. Six ou sept isbas, des restes de vergers, une grange abandonnée qui évoquait une activité agricole d'autrefois. Un peu plus près du fleuve, un entrepôt en ruine, vestige d'un petit port de pêche.

Je me dirigeais vers une maison dont les deux fenêtres basses donnant sur la rue reflétaient l'étincellement de la neige au soleil et m'adressaient un regard empli d'une sagesse résignée. Une jeune fille, âgée comme moi d'une quinzaine d'années, m'attendait à la porte, les visiteurs dans ce recoin perdu étaient rares, elle me voyait de loin. Je devinais la fraîcheur neigeuse qui effleurait son corps sous sa robe d'intérieur. La distance qui nous séparait – ces dernières dizaines de mètres – me paraissait à la fois infinie et inexistante.

Nous nous saluions d'un simple hochement de tête, d'un rapide sourire, sans nous serrer la main, sans nous embrasser. Et rien ne se passait en ces deux ou trois heures que durait notre rencontre. Rien de ce qu'on aurait pu supposer, comme lien physique, selon les notions du monde d'aujourd'hui.

Nous parlions d'un roman où un couple de jeunes aventuriers découvrait, sur l'une des îles du Cap-Vert, l'entrée immergée de l'Atlantide. Nous riions quand un livre du programme scolaire nous semblait trop stupide (un auteur un peu illuminé déclarait qu'un plan quinquennal accompli en quatre ans allait accélérer le temps dans l'univers tout entier). Nous nous taisions beaucoup, surtout moi, sans en éprouver la moindre gêne. Les mots étaient de trop car il y avait ce glissement lumineux qui transformait lentement l'éclatante après-midi de mars, au moment de mon arrivée, en une chute du jour mauve qui indiquait l'heure où je devais partir. Il y avait la tranquillité de cette maisonnette de deux pièces, son extrême propreté, la marche assoupissante d'une vieille pendule. Un calme parfaitement indifférent à la présence toute proche de la monstrueuse usine, à la route qui propulsait des fournées de gros camions, à toute cette vie brutale, active, tonitruante qui menaçait le petit hameau au fond de son silence neigeux. Il y avait le bonheur de rester ensemble, avec la certitude de vivre, à chaque instant, l'essentiel de ce qui pouvait être vécu ici-bas.

En venant de la ville, je voyais chaque fois, érigées sur le toit de l'usine, d'énormes lettres rouges, des caractères coulés dans du béton, hauts probablement, chacun, de trois mètres, et qui déroulaient une longue phrase donnant la mesure des dimensions du bâtiment : « Vive le marxisme-léninisme, doctrine éternellement vivante, créatrice et révolutionnaire ! » La fin de la phrase se perdait dans la fumée qui stagnait au-dessus de ce site industriel mais les murs se prolongeaient bien au-delà du slogan, jusqu'à l'étendue brumeuse des terrains vagues et la frange grise de la forêt…

Cette doctrine, enseignée à l'école, me passionnait. Elle exprimait ce qu'auparavant je ne pouvais imaginer que dans une rêverie : une ville blanche inondée de soleil, des hommes fraternels, définitivement libérés de toute haine, unis par un projet grandiose qui les portait vers un avenir radieux. Et aussi cette image qu'imprudemment avait brossée notre professeur d'histoire – des magasins croulant sous l'abondance et d'où les habitants du futur n'emporteraient que le strict nécessaire… Ces songes d'enfant s'illuminaient désormais de l'éclat des textes étudiés en classe, de ce *Manifeste communiste*, entre autres, qui nous faisait entrevoir un monde inédit où la rivalité bestiale entre les hommes, la violence de l'exploitation, l'avidité carnivore des possédants, toutes ces malformations congénitales des tribus humaines seraient bannies. Chaque jour, des torrents de mots, dans les journaux ou à la radio, essayaient de nous convaincre que cet avenir promis se trouvait au bout d'un nouveau plan quinquennal. Chaque jour, la réalité démentait ces promesses. Les gens finissaient par ne plus remarquer les lettres hautes de trois mètres sur le toit de l'usine.

Quant à moi qui désirais tellement croire en ce monde fraternel, je savais qu'en traversant les faubourgs de notre ville, le soir, il valait mieux avoir dans sa poche un cran d'arrêt.

Dès le premier pas dans la rue du hameau, j'oubliais ces contradictions. De loin, sur le seuil de la maison la plus proche du fleuve, je voyais la robe claire de mon amie et le temps, changeant de sens, devenait étranger à la vie que je venais de quitter. La rue bordée de congères bleues se détachait du réel, s'engageait dans l'une de ces enfilades silencieuses des villes rêvées que nous quittons, en nous réveillant, avec une joie incrédule. Du fleuve parvenait le froissement sonore des glaces qui commençaient à fondre. Dans l'air planait, grisante, la senteur froide des eaux qui se libéraient, encore invisibles, sous les neiges. Le soleil m'éblouissait et, au début, je ne réussissais pas à fixer ce visage aimé qui me souriait, je clignais des yeux, devinant inconsciemment qu'il ne s'agissait pas seulement du soleil mais de l'incapacité pour un regard humain à percevoir, au-delà de l'harmonie des traits, cette beauté insaisissable qui se créait et se recréait à chaque instant…

Nous entrions, mon amie préparait un thé, les paroles venaient ou non, le silence de la maison nous suffisait. Parfois, nous écoutions, mais d'une sonorité presque inaudible, un fragment des *Saisons* de Tchaïkovski. C'était toujours le même, «Le mois de juin», que mon amie retrouvait avec une précision de prestidigitatrice sur un grand disque fatigué. Nous n'augmentions jamais le son, la mélodie ne devait être qu'un simple écho, ainsi elle semblait plus secrètement inaccessible à la vie qui continuait au loin, avec son fracas, sa vitesse inutile, sa surdité.

La lumière peignait les heures, de doré virant à l'ambre, puis pâlissait.

Il nous arrivait d'évoquer notre première rencontre, un sujet d'amusement inépuisable. Un mois auparavant, nous avions participé, sans encore nous connaître, aux jeux paramilitaires où plusieurs écoles de la ville formaient deux armées qui s'affrontaient. Des assauts contre des forteresses construites avec des blocs de glace, le jet des grenades d'exercice, des courses-poursuites dans un parc. La tension guerrière était plus que ludique : on se battait avec férocité pour approcher, le temps d'un jeu, la galerie des héroïsmes patriotiques. L'armée dont faisait partie notre orphelinat portait des brassards verts, nos ennemis, des brassards jaunes… Le jour commençait à décliner quand je pris en chasse une tache jaune qui s'enfuyait dans le fourré. Capturer un prisonnier vivant était considéré comme un exploit autrement glorieux que celui de le cribler de balles imaginaires en hurlant : «T'es mort, couche-toi !» Je rattrapai le fuyard dans une clairière, le fis tomber en le poussant violemment dans le dos, pointai mon pistolet en plastique sur sa nuque. L'ennemi se retourna… C'était une fille. J'hésitai puis l'aidai à se relever. Nous restâmes un moment sans savoir s'il fallait endosser de nouveau nos rôles ou bien…

La rumeur de la bataille venait maintenant de très loin, presque effacée par le calme des grands arbres endormis sous la neige. La passion belliqueuse qui nous animait une minute auparavant se dissipa dans l'air éteint d'un crépuscule d'hiver, dans le silence que sondaient nos deux respirations essoufflées.

«Ils auraient dû venir ici… », murmura la jeune fille, me laissant comprendre que nous avions la même pensée : la possibilité si réelle d'interrompre cet entraînement à la violence, ce jeu enfantin et cruel, et de percevoir la proximité d'un tout autre mode d'exister, d'un tout autre monde…

Le visage de ma prisonnière était d'une beauté simple, un peu austère, ou plutôt refusant tout charme facile, l'une de ces harmonies de traits qui imposent, dès le premier regard, une attitude, une tonalité de paroles, un respect du mystère souverain de la personne.

«Je m'appelle Vika», dit-elle, et moi, intimidé par la tournure que prenait notre rencontre, je me présentai d'une manière très militaire, mon nom de famille d'abord, puis mon prénom, comme nous le faisions à l'orphelinat, au moment des appels.

«À vos ordres, mon commandant!» répliqua-t-elle en souriant, et nous avançâmes, sans hâte, en direction des cris de joie qui annonçaient la victoire d'un camp.

Savoir qui était vainqueur, ce soir-là, nous devenait indifférent… Intérieurement, je prononçais ce prénom de Vika, comme la première syllabe d'une langue inconnue.

Aujourd'hui, avec un petit rictus leste, on qualifierait nos relations de «rapports platoniques». Le terme semble approprié: aucun lien charnel ne se créa entre nous pendant ce temps, très bref, de notre amitié. Pourtant, ce terme est aussi totalement faux car à aucun moment de ma présence dans la maisonnette de l'ancien port ce «problème» ne nous préoccupa. Justement, ce ne fut jamais un problème. Nous étions loin d'être particulièrement prudes. À l'orphelinat, dans la promiscuité des deux sexes et de plusieurs âges, je n'ignorais pas grand-chose de la grandeur et des misères du corps humain. Ma prisonnière devait en savoir probablement autant que moi. La société soviétique de cette époque, sous une pudibonderie officielle, était assez décomplexée. Mais sans nous imposer un quelconque vœu de chasteté, nous exprimions notre amour autrement.

Le fait d'être amoureux nous paraissait indiscutable. Pourtant, au lieu de provoquer un état d'excitation fébrile, il nous rendait presque impassibles. Nous devenions lents, hypnotisés par la nouveauté et la force de ce qui nous arrivait. Je pouvais passer des heures dans une félicité parfaite qui n'avait besoin que des rares mouvements de la robe claire à travers la pièce cuivrée sous le soleil de mars. Voir une natte légèrement bouclée qui scintillait de chaque cheveu, sous un rayon de lumière, me suffisait pour me sentir heureux. Et quand ces yeux, d'un reflet vert et bleu, se posaient sur moi, j'avais l'impression de commencer à exister dans une identité enfin véritablement mienne.

À cet âge, la vie paraissant infinie, j'aurais facilement donné la moitié de ce qui me restait à vivre pour avoir la certitude, exprimée par un mot doux, d'être aimé. Sans doute ce mot eût-il rompu l'essence même de la béatitude hypnotique où nous étions tous les deux plongés. Les mots seraient venus, d'ailleurs, si notre lien s'était prolongé… À défaut d'aveux, je demeurais dans ma muette adoration, percevant les signes tracés par le mouvement d'une main, le battement des cils, la profondeur d'une inspiration qui savourait la fraîcheur des neiges quand, le soir, mon amie sortait sur le petit perron de la maison pour me dire au revoir et m'accompagner du regard jusqu'au tournant. Ces signes étaient mutiques, mais en admirant les étoiles n'entend-on pas distinctement leur fameux frou-frou ?

Et puis, il y eut un aveu bien plus inattendu que les paroles dont j'espérais et craignais à la fois la tendresse.

Ce jour-là, l'engrenage des petits chagrins de l'existence sembla tout faire pour démentir le slogan que je lisais sur le toit de l'usine en venant dans le hameau, oui, cette «doctrine éternellement vivante, créatrice et révolutionnaire». J'avais une lèvre enflée, résultat d'un accrochage bref et violent comme l'étaient toujours nos rixes à l'orphelinat : une brusque montée de haine, les poings écorchés par le va-et-vient des coups, la conviction de pouvoir tuer... Ensuite, ce fut un bus, bondé de corps écrasés les uns contre les autres, des gens qui rentraient dans leurs banlieues, des ouvriers usés, hargneux, prêts à s'injurier, à s'entre-déchirer à la moindre secousse de cette ferblanterie roulante. «La fraternité... L'avenir radieux... », me disais-je avec aigreur. Et à côté de l'arrêt où je descendis quatre ivrognes se battaient, échangeant des coups maladroits, mous, piétinant celui qui tombait, tombant à côté de lui...

Le soleil éclairait crûment sur le toit de l'usine le monumental message de la «doctrine éternellement vivante». Une voix criait et pleurait en moi.

Je tournai dans le chemin du hameau et, de loin, je vis la touche légère d'une robe qu'éclairait la luminescence bleue des neiges. Une frontière invisible, faite de cet éclat et de la senteur glacée du fleuve, me sépara du monde d'avant. Seul le goût du sang dans ma bouche me rappelait d'où je venais.

Il nous arrivait souvent d'aller nous promener parmi les vieilles isbas du hameau, de descendre vers l'embarcadère, vers la berge. Nous le fîmes ce jour-là, devinant qu'une tension inhabituelle s'installait dans le calme rêveur de notre tête-à-tête…

La tiédeur de mars avait brodé un filigrane de glaces fondantes, une dentelle de rosaces que j'arrachais et qui se brisaient entre mes doigts au moment même où mon amie apercevait leur beauté constellée. Nous traversâmes une pente de neige vierge, ponctuée juste de traces d'oiseaux. Enfoncés jusqu'aux genoux, nous sentions les petits glaçons se faufiler dans nos chaussures.

Tel un radeau abandonné, le vieil embarcadère reposait, au milieu de la banquise. Des câbles rouillés l'attachaient aux tronçons de poutres d'acier plantés dans le rivage. Nous montâmes sur cette épave et, avec une joie incrédule, touchâmes la surface de ses planches : elles étaient déjà sèches et chaudes d'avoir été exposées toute la journée au soleil. Sous un auvent en bois, à moitié affaissé, un banc attendait les ombres d'anciens voyageurs. Nous nous assîmes face à l'immensité blanche du fleuve encore endormi et, le regard perdu au loin, nous retrouvâmes peu à peu la lente palpitation du bonheur qui rythmait toujours nos rencontres.

Ce jour-là, une sérénité pareille sembla ne plus me suffire. L'amertume que j'avais accumulée, dès le matin, me fit désirer un changement ample, radical, une révolution qui effacerait la haine de la face du monde et de tous ces visages grimaçants que j'avais croisés en venant au hameau : des hommes et des femmes s'écrasant dans le bus et, auparavant, à l'orphelinat, ce type qui m'avait frappé au visage, son esclaffement de jouissance à la vue de mon sang. Mais aussi la sombre masse d'ouvriers que l'usine avalait chaque jour et rejetait le soir, en un magma de corps fourbus, de regards éteints. Il fallait accélérer la marche de l'Histoire vers l'avenir promis, vers cette ville idéale où les hommes deviendraient enfin dignes de leur nom.

Pour la première fois, j'en parlai à mon amie. Je me levai même du banc, je gesticulais, m'enthousiasmant de plus en plus tant ce rêve me paraissait, en paroles, proche et réalisable. Oui, une société fraternelle, un mode de vie excluant la hargne et l'avidité, un projet qui fédérerait toutes les bonnes volontés, enchaînées pour le moment dans la petitesse de l'individualisme. Je pense avoir évoqué aussi la disparition de l'État perdant toute utilité car les hommes formeraient une seule communauté où la police, l'armée, les prisons seraient superflues. Je savais que Lénine le promettait dans sa vision de l'avenir… C'est cela, une communauté d'hommes destinés à être heureux !

« Et maintenant, tu n'es pas heureux ? » demanda soudain Vika.

La question me désarçonna.

« Euh… Si… Mais je ne parlais pas de moi. Je voulais dire que… en général, cette société nouvelle va permettre aux autres aussi de vivre dans la joie…

– Je ne comprends pas. Tous ces gens que tu veux rendre heureux dans le futur, qu'est-ce qui les empêche de le devenir maintenant ? De ne pas haïr les autres, de ne pas être avides, comme tu dis. Au moins, d'éviter de frapper son prochain au visage…

– C'est que… tu vois… je pense qu'ils ignorent encore la vraie voie. Il faut leur expliquer. Il faut proposer un projet, une théorie… Oui, une doctrine !

– Une doctrine ? Pour quoi faire ? Nous sommes heureux ici, reconnais-le. Nous sommes heureux parce que l'air sent la neige et le printemps, parce que le soleil a chauffé les planches, parce que… Oui, parce que nous sommes ensemble. Est-ce que les autres ont besoin d'une doctrine pour venir sur cette rive, regarder les plaines blanches au-delà de la Volga, voir cet oiseau voler d'une branche à l'autre dans les saulaies ? »

J'aurais préféré entendre une argumentation politique ou morale, une contestation théorique. Mais les paroles de Vika exprimaient une vérité visible et concrète, difficile à réfuter. Ce ciel, cette neige, le ruissellement sonore des eaux sous l'épaisseur des glaces… Je forçai la véhémence de notre désaccord pour dissimuler ma confusion :

« Ah, si tout était aussi simple ! Bien sûr qu'ils pourraient venir ici, contempler le fleuve, respirer le bon air. Mais ils doivent travailler ! Tu oublies qu'il s'agit de la classe ouvrière… »

Elle ne répondit pas tout de suite, resta un moment immobile, les yeux clignant doucement sous l'abondance du soleil. Puis, d'une voix sèche, impersonnelle me demanda :

« Tu sais ce que cette classe ouvrière fabrique dans les ateliers de l'usine ?

– Je ne sais pas… Des engrais peut-être, ou bien des trucs de céramique…

– Oui, des engrais… Très explosifs. L'usine fournit des produits chimiques à d'autres entreprises qui en font les charges des obus et des bombes. Ne le dis à personne, sinon tu auras des ennuis… »

Elle se tut puis ajouta d'une voix redevenue calme :

« L'avenir dont tu parles est très beau mais trop complexe. C'est comme si, pour admirer ce fleuve, les gens étaient obligés de construire des gradins en béton armé. À quoi bon ? Ce vieil embarcadère nous suffit. Ce qu'il faudrait expliquer aux autres c'est que la seule doctrine vraie, elle est toute simple. Elle tient au fait de… de s'aimer. »

Nous rentrâmes plus lentement et plus tard que d'habitude. Chaque pas, chaque regard avait désormais, pour moi, un sens nouveau, le reflet d'un monde transfiguré par ce « fait de s'aimer ».

En quittant le hameau, il m'était déjà arrivé, deux ou trois fois, de croiser la mère de mon amie, une femme mince de petite taille, au visage creusé par la fatigue. Elle s'appelait Elsa. Nous échangions quelques mots, elle m'invitait à venir un samedi ou un dimanche pour prendre un repas ensemble… Dans l'une des pièces de la maison, j'avais vu le portrait du père de Vika. Il était, d'après ce qu'elle m'avait dit un jour, « absent pour des raisons professionnelles ». Je n'avais pas tenté d'en savoir davantage : à l'orphelinat, tous mes camarades avaient des pères qui étaient en train de boucler une circumnavigation ou bien se révélaient des pilotes tombés dans un combat inégal contre les innombrables ennemis de notre pays. Le mettre en doute eût été cruel, le croire permettait de ne pas perdre toute espérance. Le respect de ces doux mensonges était, pour nous tous, un pacte inviolable.

À un moment, j'eus l'impression que la mère de mon amie rentrait de plus en plus tôt. L'idée qu'elle aurait pu vouloir nous surveiller ne me vint même pas à l'esprit, tant la confiance qui nous liait était naturelle. Le changement de ses horaires s'expliquait très banalement : nous étions en mars, les jours s'allongeaient très vite et, comme je partais au coucher du soleil, cette heure se décalait.

Un soir, à la sortie du hameau, j'aperçus la silhouette d'Elsa qui longeait le mur de l'usine. Il me sembla qu'elle faisait signe d'une main pour me saluer ou même pour me dire de la suivre. Dans le crépuscule, on ne voyait pas bien et je fus sur le point de m'en aller sans tenir compte de son geste. Pourtant, une curiosité inquiète me poussa vers elle.

Je compris vite qu'Elsa ne m'avait pas vu, son appel n'était que le mouvement avec lequel elle avait rajusté un sac en toile porté à l'épaule. Comme entraîné par un songe, je continuai à longer ce mur interminable… Il faisait déjà un peu sombre quand la femme que je suivais disparut. Au bout d'une minute, j'arrivai à l'angle de l'enceinte, je tournai et, involontairement, je reculai de quelques pas…

C'était un combat à la fois malhabile et féroce. Un attroupement de femmes se pressait contre un couloir en contreplaqué, un passage couvert qui reliait l'une des issues de l'usine à la plate-forme d'une voie ferrée. Ce long sas vibrait sous le piétinement d'une foule invisible qui quittait le bâtiment et s'engouffrait dans des wagons de marchandises accrochés à une draisine. Les femmes se repoussaient les unes les autres, jouaient des coudes, se faufilaient vers le contreplaqué pour se mettre face à une trouée large d'une cinquantaine de centimètres et qui laissait entrevoir les visages des hommes qui traversaient le passage. La violence de la lutte était machinale, inconsciente des coups qu'on recevait ou donnait. L'air semblait haché de cris entravés par la peur mais qui, à cause de cette retenue, résonnaient avec encore plus d'acharnement. C'étaient surtout des prénoms masculins qui, par l'étroite ouverture, s'envolaient vers la colonne en marche. « Serguéï! Sacha! Kolia! » De temps en temps, un visage maigre se montrait, un mari réussissait à s'arrêter pour quelques secondes devant la trouée. Si son épouse le reconnaissait, elle essayait de lui passer un paquet qu'il attrapait avant de se fondre dans la coulée humaine. Parfois le paquet se déchirait, on voyait tomber, dans la neige sale, une miche de pain, des sachets de thé… Certains prénoms faisaient surgir celui que personne n'attendait, les femmes le regardaient avec dépit, se mettant alors à crier aussi un nom de famille. Elsa parvint jusqu'à l'ouverture, hurla un prénom, d'une voix désespérée qui me glaça, et elle tendit son sac de toile à une main qui traversa la trouée. Une secousse dure rejeta la main et la trouée fut bouchée par un manteau d'uniforme. Le sac tomba, Elsa s'inclina pour le ramasser. Du côté de la voie ferrée, on voyait venir deux gardes armés…

Je courus en longeant le mur, avec un sentiment très réel de ne plus exister, de ne plus être capable de formuler la moindre pensée. J'étais vide, privé de tout ce que je croyais savoir, de tout ce que j'espérais, rêvais… Rentré à l'orphelinat, j'eus le sentiment que mes camarades parlaient une langue étrangère, ou plutôt une langue dont je connaissais les mots mais ne percevais plus le sens.

Le lendemain, je devais prendre part à un nouveau jeu paramilitaire, en fait la finale de ces mêmes compétitions pendant lesquelles j'avais capturé Vika. Je participai en absent, me laissant entraîner dans des assauts, escaladant les fortifications de glace comme au bord de l'endormissement. Même le corps à corps décisif qui opposa les deux armées ne put me tirer de mon hébétude. Je finis par me retrouver face à un adolescent qui, posté sur un redan de la forteresse, se battait joyeusement, un rictus hargneux aux lèvres. Il remarqua tout de suite que j'étais dans un état peu combatif. Sa grimace se colora de mépris et il me poussa avec une brutalité excessive, le désir manifeste de me mettre à bas. Je tombai, accrochant une rambarde en troncs d'arbre, me cognant contre un bloc de glace. Revenant à moi, le nez en sang, je me vis assis au centre de la cohue, mon pied gauche bizarrement tordu. Au-dessus de la cheville, sous le tissu de mon pantalon, je distinguai cette boule curieusement saillante. Je levai la tête, aperçus le visage hilare du vainqueur, l'étonnante jouissance d'avoir fait mal. La douleur s'éveillait déjà quand, en écho éteint, me vint cette pensée dans une langue incompréhensible aux autres : « La seule vraie doctrine... le fait de s'aimer... »

La fracture de ma jambe retarda jusqu'à la mi-mai mon retour au hameau. En y venant, je crus d'abord m'être trompé d'arrêt : au lieu de la petite rue menant au fleuve, un vaste terrain remué par des bulldozers s'étendait le long de la berge. Non, je ne m'étais pas trompé car l'usine était toujours là, son enceinte interminable, des lettres rouges sur son toit, « une doctrine éternellement vivante, créatrice et révolutionnaire »...

Du hameau, il ne restait qu'une seule maison, celle où habitait une vieille femme que nous voyions parfois aller chercher l'eau du puits. Les autres maisons n'avaient laissé que les débris de leurs rondins. Les bulldozers étaient en train d'écarter ces vestiges vers le bord du terrain. Le hurlement des moteurs, l'odeur âcre de leurs rejets et surtout ce soleil radieux, impitoyable, tout cela annonçait la victoire de la vie qui allait de l'avant, promettait un bonheur neuf, une activité conquérante.

Les eaux avaient monté et l'embarcadère flottait à quelques mètres du rivage, telle une île séparée de cette vie nouvelle.

L'autre îlot – cette dernière maison où je vins après que le chantier eut interrompu, le soir, son bruit et que les ouvriers furent partis. La vieille qui y habitait n'écouta pas mes questions. Elle comprit tout de suite le but de ma venue. Son récit n'apporta d'ailleurs que peu de clarté à ce que je pouvais déjà deviner moi-même.

Un accident s'était produit à l'usine un mois auparavant. Plusieurs ateliers avaient été soufflés par une explosion, devenant une tombe collective pour les prisonniers qu'on emmenait travailler ici d'un camp voisin. Personne ne savait le nombre exact de victimes mais le père de mon amie était probablement parmi eux. Ou bien ce fut le chantier sur la berge qui avait précipité le départ d'Elsa et de sa fille. L'année précédente, elles étaient venues vivre dans le hameau pour se rapprocher de l'usine où l'on pouvait croiser, pendant quelques secondes, le regard des prisonniers qui traversaient le sas entre les ateliers et les wagons… Le hameau rasé, il fallait bien déménager. Donc, après l'explosion, le père de Vika avait peut-être tout simplement été envoyé vers un autre lieu de travail. La vieille femme évoqua cette possibilité, voulant laisser une petite chance à l'espoir.

Abasourdi, je n'eus pas la présence d'esprit de lui demander ce qu'elle allait faire, elle, au milieu de ce chaos de terre retournée. Je partis en la remerciant vaguement, comme l'aurait fait un voisin, certain de la revoir le lendemain… Bien des années plus tard, cette vieille femme que j'avais laissée toute seule sur le petit perron de sa maison menacée deviendrait un de ces remords fidèles qui reviennent, notre vie durant, sans obtenir de pardon.

Il me fallut aussi beaucoup d'années pour savoir discerner, derrière une brève histoire de tendresse adolescente, le bonheur lumineux que mon amie et sa mère Elsa m'avaient, si discrètement, transmis. Je me souvenais bien sûr de leur hospitalité, de la douceur dont elles avaient entouré ce jeune gars farouche que j'étais, un être endurci par la rudesse et la violence. Avec l'âge, je comprendrais de mieux en mieux que la paix qu'elles réussissaient à faire régner dans un endroit aussi désolé, oui, cette sérénité indifférente à la laideur et à la grossièreté du monde, était une forme de résistance, peut-être même plus efficace que les chuchotements contestataires que j'allais entendre dans les milieux intellectuels de Leningrad ou de Moscou. La révolte de ces femmes était peu spectaculaire : leur petite maison vétuste entretenue dans une parfaite propreté, la sérénité toujours égale de Vika qui n'avait jamais trahi sa peine, les *Saisons* de Tchaïkovski, le silence et le sourire d'Elsa, encore tout ébranlée par son guet parmi les femmes qui se battaient pour rencontrer les yeux de leur mari ou de leur fils.

J'ai dû attendre plus encore avant de comprendre véritablement quelle était cette offrande humble et précieuse que j'avais reçue d'elles. Le pays de notre jeunesse a sombré en emportant dans son naufrage tant de destins restés anonymes. Cette jeune fille retrouvant sur un disque la mélodie que nous aimions, sa mère poussant un sac en toile entre les mains d'un prisonnier, moi-même clopinant dans la boue sur ma jambe cassée… Et une myriade d'autres existences, douleurs, espoirs, deuils, promesses. Et ce rêve d'une ville idéale, peuplée d'hommes et de femmes qui n'allaient plus connaître la haine. Et cette « doctrine éternellement vivante, créatrice et révolutionnaire », emportée elle aussi par la frénésie du temps.

Restent seuls, à présent, la lumière de mars, le souffle enivrant des neiges sous l'éblouissement des rayons, le bois d'un vieil embarcadère, ces planches chauffées par une longue journée de soleil. Reste la touche claire d'une robe, sur le perron d'une maisonnette en rondins. Et le geste d'une main qui m'envoie ses adieux. Je marche, m'éloigne, me retourne tous les cinq pas et cette main est toujours visible dans le crépuscule de printemps, mauve et lumineux.

Reste ce paradis fugace dont l'éternité n'a pas besoin de doctrines.

V

Les amants
dans un vent nocturne

Les papillons de nuit se jetaient sur toute source de lumière, se cognaient, se brûlaient, tombaient épuisés, reprenaient leurs forces, se précipitaient de nouveau vers l'incandescence. Devant l'absurdité de leur entêtement, il fallait imaginer un éros sublime dont l'intensité rendait dérisoire le risque de mourir.

Cette année-là, pendant le mois d'août, nous voyions des nuées d'insectes kamikazes cribler, chaque soir, les lumignons des restaurants et les réverbères. Et des foules de vacanciers qui, avec une obstination semblable, cherchaient la chaleur d'une étreinte, l'aveuglement d'une liaison.

La conscience d'en faire partie créait en nous un sentiment ambigu : la joie d'appartenir à une tribu bronzée, festive, avide d'amour et, en même temps, la déception de n'être qu'un jeune couple de plus, une union estivale, éphémère et fiévreuse, parmi tant d'autres dans cette station balnéaire de la mer Noire...

La désagréable impression de copier les autres était renforcée par la dépendance au plaisir, pareille à celle que provoquent les drogues. Il nous fallait augmenter les doses, resserrer la fréquence de nos ébats. Et nos corps se dérobaient, éreintés, comme ceux des papillons nocturnes ivres de lumière. Venait alors ce constat qui, chaque nuit, nous blessait de sa banale et cinglante vérité : le plaisir ne vise que lui-même, étant un merveilleux but en soi. Une boucle répétitive, vertigineuse, exténuante, savoureuse, parfumée à l'odeur d'une peau hâlée et salée, incurvée par des muscles durcis de longues nages quotidiennes, pimentée de plats brûlants, d'un vin épais au goût de noix, un envol haletant vers la jouissance et une dégringolade, en vrille, dans l'abîme des draps saturés d'embruns, sous une étoile si proche au milieu des branches d'un grenadier. Une enivrante boucle sans issue.

Ma compagne de ce mois d'août se montra plus sensible que moi à l'impasse de ce cercle. Chaque soir, elle voyait les papillons se débattre contre l'idéal suicidaire de leur voltige... Elle était abkhaze, faisait ses études à Moscou et, durant ces vacances, espérait vivre une aventure essentielle dans la vie d'une jeune femme de ses origines : se libérer du carcan moral de sa patrie caucasienne, aimer sans tomber amoureuse. Oui, être un papillon de nuit qui volette dans une coulée de photons mais ne se brûle pas les ailes. Elle portait un prénom digne du meilleur scénario romantique : Léonora...

En quelques jours, ce projet fut accompli : nous nous rencontrâmes, libres, ardents, désireux d'offrir à l'autre l'image la plus avantageuse d'une relation physique, de jouer dans une belle mise en scène d'amour. Nos corps s'exécutaient à merveille, le décor des montagnes descendant dans la mer ajoutait un reflet cinématographique à chaque parole, à chaque baiser. Nous nous étreignions avec une énergie d'athlètes, avec l'envie acharnée de la perfection, comme si, justement, chacun de nos gestes était projeté sur un écran mouvant de beaux couchers de soleil.

À cet âge, on accepte mal la brièveté du plaisir. Moins encore son émoussement, son aimable routine, de plus en plus attendue et fade. Au bout de deux semaines, la première soif étanchée, nous pressentîmes l'étouffement d'un confort vaguement matrimonial.

Tous les jeunes amants passent par là et tous, effarouchés, n'ont qu'une solution : forcer les limites que nos pauvres corps d'humains nous imposent. Nous redoublâmes la violence de nos étreintes, cherchant tantôt la complicité de la mer nocturne, tantôt la solitude des cascades dans la forêt. L'extase consommée, les vagues rejetaient nonchalamment nos corps enlacés sur les galets froids, nous transformant en naufragés pantelants. Après le plaisir rythmé par l'apesanteur de la mer, la marche sur ces cailloux, à la recherche de nos vêtements, devenait une torture. Nous clopinions, dans le noir, en gémissant, boiteux et aveugles, chassés du paradis auquel nous croyions de moins en moins. Et lorsque, par une fraîche matinée de brume, nous lancions une expédition amoureuse vers un col boisé, elle se terminait par un retour en plein soleil, sous les feux d'un ciel impitoyable, sur une route au bitume mou, rappelant carrément l'enfer.

Un soir, en sortant de la mer, nous surprîmes un autre couple faisant l'amour dans l'eau. Ils retrouvèrent facilement leurs vêtements : le garçon portait, attachée à sa taille, une torche électrique de plongée… Nous eûmes la force de trouver cela amusant.

À la fin de la troisième semaine, il y eut ce jour de pluie, une mer sombre, oui, noire comme le veut son nom, le sanglot hilare des mouettes, prélude à la fin des vacances. Nous nous traînâmes dans un parc, descendîmes vers la plage, imaginant avec frisson nos baignades nocturnes, puis remontâmes vers le centre-ville. Tout ce que nous avions vécu, depuis notre rencontre, débordait de bonheur et le scénario écrit avec nos corps était une réussite évidente. Et pourtant nous ne parvenions plus à nous cacher un sentiment d'échec. Notre histoire ressemblait à l'un de ces accordéons de cartes postales qu'on déploie sous le nez des touristes. Elle ne menait pas plus loin que ces clichés ensoleillés.

En fait, elle ne menait pas à l'amour. Ce jour-là, sans l'avouer, nous devinâmes ce qui nous manquait.

N'ayant pas le courage de le reconnaître, nous nous mîmes à chercher un coupable. Et très vite, il fut démasqué !

Celui qui nous empêchait d'aimer était là, devant nous, peint sur un vaste panneau décorant la façade de la gare ferroviaire. Un visage imposant, un regard autoritaire sous des sourcils touffus. Un bel homme, en somme, au front légèrement dégarni, au menton épais et qui portait sur son veston noir quatre étoiles d'or…

Aujourd'hui, son nom pourrait servir de marqueur de générations : celles qui ont grandi après la chute du mur de Berlin ne se souviendraient même pas d'un certain Brejnev dont les effigies ornaient jadis la sixième partie du globe. Et même dans cette ville balnéaire, on le voyait partout : le long des routes, sur les murs des maisons de vacances, au rond-point où se croisaient les allées du grand parc… Tombé à présent dans l'oubli, ce vieux potentat présidait alors aux destinées d'un immense empire, régissant la vie de centaines de millions d'hommes, lançant des guerres aux quatre coins du monde. Un homme dont un simple froncement de sourcils faisait couler des barils d'encre, dans les journaux de la planète entière…

En soulevant un peu notre parapluie, nous rencontrâmes son regard, poussâmes un soupir, reconnaissant avec résignation : oui, c'était lui, le coupable. Et au-delà de lui, le régime qui régnait dans notre pays et dont il était l'incarnation divinisée.

Que fallait-il aux amants qui faisaient les cent pas sous une pluie battante ? Pas grand-chose finalement. La possibilité de louer une chambre d'hôtel, d'y créer un petit nid d'intimité estivale, de s'y sentir chez soi. Mais, à l'époque, les hôtels, peu nombreux, imposaient un examen plus que policier de votre identité. Quant à un couple non marié qui aurait osé se présenter à la réception, il eût été suspecté de folie.

Le statut d'amoureux libres s'apparentait à celui de vagabonds, de voleurs, de contestataires. Ce qui n'était pas faux : l'amour est subversif par essence. Le totalitarisme, même dans sa forme molle que notre génération a connue, avait peur de voir deux êtres enlacés échapper à son contrôle. C'était moins la pudibonderie d'un ordre moral qu'un tic de police secrète n'admettant pas qu'une parcelle d'existence puisse prétendre au mystère personnel. Une chambre d'hôtel devenait un lieu dangereux : les lois du monde totalitaire y étaient bafouées par le plaisir que les deux êtres se donnaient sans se soucier des décisions du dernier congrès du Parti.

Dans ces conditions, il ne restait qu'un seul moyen de se loger : le « secteur privé », comme on appelait alors cette survivance bourgeoise. Des petites maisons dans lesquelles les propriétaires s'évertuaient à entasser un nombre extravagant de vacanciers. Chaque pièce, tout recoin, la moindre remise se trouvaient bondés de lits où, dans une promiscuité tribale, dormaient des familles, des couples, des esseulés venus à la mer pour briser leur solitude. Inviter une personne dans un pareil wigwam n'était pas, en principe, impossible. Mais pour déjouer la juste colère des mères de famille, l'acte charnel devait se dérouler avec la lenteur des silencieuses évolutions que les cosmonautes exécutent sur orbite. Au premier craquement de la literie, les amants se figeaient, attendant que les ronflements voisins reprennent leur rythme... C'est peu dire que le côté statique de ce Kâma-Sûtra ne rimait pas avec l'épanouissement sexuel. Nous avions osé l'expérience, Léonora et moi, une fois. Nous ne l'avions jamais réitérée. D'où le choix de la mer, de la forêt et nos retours, la nuit, chacun dans sa location saisonnière.

D'où cette errance, un jour de pluie, et nos tristes sarcasmes à la vue du portrait ornant la façade de la gare. Et cette histoire drôle que je racontai pour dérider ma compagne : « Brejnev vient d'être opéré ! – Ah bon, qu'est-ce qui lui arrive ? – On essaye de lui élargir la cage thoracique, pour pouvoir accrocher une nouvelle étoile d'or sur sa poitrine... » Nous riions sans gaîté, répétant ce que toute la jeunesse de notre pays clamait témérairement à mi-voix : ces vieillards du Kremlin qui briment nos amours, nous interdisent de voyager librement, de lire ce que lisent les jeunes Occidentaux, d'écouter la musique qu'ils écoutent (« Et de boire un double whisky, dans un bar de Sunset Boulevard, avant de reprendre le volant de notre décapotable», ajoutaient certains en rigolant).

Il était bien loin, le temps où je rêvais de la ville idéale dans une société fraternelle…

Jamais nous n'aurions avoué que ces récriminations nous permettaient d'oublier la brièveté du plaisir, la routine qui guettait nos enthousiasmes amoureux et aussi, tout simplement, l'ennui de l'habitude charnelle, amère réalité à laquelle même le régime le plus démocratique n'avait pas encore su remédier.

Cette journée maussade serait tombée dans l'oubli si, à l'approche du soir, nous n'avions pas décidé de nous réfugier dans une salle de cinéma. Nous sentions que c'eût été vraiment trop rageant de nous quitter sous la pluie et d'aller dormir dans nos «secteurs privés» respectifs. Nous vîmes une affiche, le titre du film semblait contenir une hyperbole bouffonne, en réponse à nos bouderies anti-soviétiques et nos lamentations pro-occidentales: *Mille milliards de dollars*. Oui, double whisky, décapotables et compagnie. Nous nous précipitâmes aux guichets.

L'erreur était totale. Non pas sur la qualité de l'œuvre, un bon film d'action servi par des comédiens de talent, mais sur le sujet. Notre Occident fantasmé n'en sortait pas indemne: atteintes à sa fameuse liberté d'expression, la presse sous le joug du grand capital, pressions sur les journalistes intègres… Voilà donc pourquoi ce film français avait reçu l'assentiment de la censure soviétique! Mieux que n'importe quelle propagande venant du Kremlin, son intrigue dénonçait l'hypocrisie de la société bourgeoise.

Malgré le sous-entendu idéologique, la salle était pleine. D'abord, parce que les spectateurs, en majorité des jeunes couples, n'avaient d'autre point de chute en cette soirée pluvieuse. Et puis, l'intrigue était excellente. Un jeune journaliste, interprété par Patrick Dewaere, affrontait une terrifiante multinationale dont il découvrait les liens, certes anciens mais non moins criminels, avec les nazis. Cet enquêteur intrépide fut menacé, poursuivi, réchappa à un tueur à gages et, à bout de résistance, dut se cacher dans une petite ville de province où un organe de presse local eut l'audace de publier ses révélations...

Les spectateurs réagissaient de façon adéquate. Tout le monde compatissait à la détresse du journaliste malmené par les méchants, s'indignait des agissements de la multinationale, espérait la victoire du bien sur le mal. Ces nobles aspirations allaient de pair avec quelques tendres baisers et étreintes dans l'obscurité...

Soudain, physiquement, je sentis que la salle se crispait, prise d'un spasme violent, musculaire. Je perçus le craquement des fauteuils et le vide créé par des souffles retenus. Léonora qui me serrait la main enfonça ses ongles dans mon poignet...

L'ovation qui éclata fut plus éruptive qu'à n'importe

quel concert de rock. Je vis des spectateurs sursauter, agiter les bras dans un salut fébrile, embrasser leur compagne avec une frénésie démente. Les applaudissements effacèrent tous les sons provenant de l'écran. Les gens riaient, hurlaient, et dans la pénombre, je croisai plusieurs regards brillants de larmes. La suite du film, sa fin déjà proche, n'avait plus d'importance.

Or la séquence qui fut applaudie n'avait aucun relief dramatique et aurait même pu être coupée au montage tant sa place dans le sujet était minime. Un soir, le jeune journaliste, fuyant ses poursuivants, entrait dans un petit hôtel de province, demandait une chambre, le préposé lui tendait une clef en disant : « Tenez, monsieur, chambre numéro 14 » (ou bien 15, ou 16, je ne me rappelle plus). Rien d'autre. Et ce fut ce bref échange, parfaitement anodin, qui jeta la salle dans un état d'hystérie collective. Car les spectateurs furent brusquement mis en présence d'un miracle, lequel était donc, quelque part en Occident, un mode de vie strictement ordinaire. Un homme poussait la porte d'un hôtel et sans présenter une quelconque pièce d'identité recevait une clef !

Le film continua, mais la seule vision qui illuminait tous les regards était bien celle-ci : un couple d'amoureux emboîtait le pas au journaliste, demandait une chambre et le veilleur ensommeillé leur tendait une clef en les dispensant de tout examen inquisiteur.

À la sortie du cinéma, les spectateurs s'égaillèrent

dans l'obscurité, esquissant une démarche étrangement élastique, celle des enfants qui s'envolent sur un trampoline et gambadent dans l'air.

Ce soir-là, plus efficacement que tous les dissidents réunis, Patrick Dewaere a contribué à la chute du mur de Berlin.

Le soleil revint les jours suivants et, jusqu'à notre départ, le bonheur vacancier déroula son accordéon de cartes colorées. La joie était là, avec l'azur retrouvé de l'étendue marine, le mûrissement des grappes de raisin au-dessus des terrasses, la vigueur de nos corps hâlés. Une joie trop radieuse pour ne pas être un peu mélancolique. Et le pire c'était que, désormais, nous connaissions ce geste si simple : pousser la porte d'un hôtel, monter par un vieil escalier en bois vers une chambre qui semblait nous attendre. Beaucoup d'estivants dans cette station balnéaire passèrent la dernière semaine d'août avec en tête le nom d'un village français et de son auberge où un veilleur somnolent décrochait une clef sur un tableau hérissé de petits clous.

Léonora devait prendre le train du soir, pour Moscou, moi, mon avion, le lendemain. Ce jour-là, dès le matin, le temps fut insupportablement lourd, le ciel se brouilla, bas, étouffant. L'après-midi répandit sur les plages le reflet mat d'un orage qui rôdait, hésitant à s'abattre. Une obscurité tropicale envahit les rues, telle une coulée d'encre brûlante.

Les premiers grondements du tonnerre nous surprirent sur la route de la gare. Ils roulèrent majestueusement, en aplatissant les bruits de la ville, les bavardages de la foule qui se massait près des quais. De son énorme portrait, sur la façade, Brejnev arquait un sourcil, comme pour dire : « Un orage ? A-t-il été autorisé par le Politburo ? »

Le ciel devint à la fois argenté et noir. Des ondées encore éparses, en larges coups de balai, chassèrent les voyageurs vers le petit bâtiment de la gare. Nous les suivîmes, mais rester à l'intérieur fut un supplice : dans la touffeur irrespirable résonnaient les vociférations des enfants, les jurons que lançaient les parents harassés, le glapissement de plusieurs chiens… Une dame disait à son mari : « Nous n'avons pas déjeuné, ce serait bien de manger maintenant un bon borchtch chaud ! » Cette phrase nous acheva. D'un même élan, nous nous jetâmes dehors…

Le ciel se rompait en dénudant les failles bleues des éclairs. Le tonnerre répondait, de plus en plus rapproché et fracassant. Nos vêtements ruisselèrent rapidement et, dans un mouvement de désarroi, nous nous tournâmes l'un vers l'autre, comme pour demander conseil. Notre solitude sur ce quai vide, criblé de gouttes, résuma le statut de tous les amoureux sans logis. Le haut-parleur, se réveillant à travers le dégorgement céleste, chuinta sur un ton étrangement confidentiel, comme si son message ne concernait que ce couple perdu au milieu d'un déluge : « … les trains subiront un retard de deux à trois heures… » Un cheminot parcourut le quai en gros sauts cisaillés et cria en nous voyant : « Au minimum ! » Désemparés, nous fîmes quelques pas, ne sachant vraiment où aller…

Et soudain nous vîmes un nouveau Brejnev.

Celui-ci était installé sur un grand panneau perpendiculaire aux voies, de sorte que les passagers des trains en partance emportaient dans leur voyage la bénédiction de son regard paterne. Ce visage avait d'ailleurs subi une atteinte grave : deux traces de fruits trop mûrs rayaient ses traits, l'une sous son œil gauche, l'autre au menton. Les projectiles infamants avaient sans doute été lancés d'un train en circulation, ce qui assurait au terroriste une impunité facile. Un étroit auvent au-dessus du panneau protégeait le visage de la pluie et retardait ainsi l'effacement de ces coulées de jus brunâtre, probablement des pêches pourries. Curieusement, cette souillure enlevait au portrait son expression plate et niaise, lui conférant même un reflet de profondeur. Ce n'était plus un gros apparatchik rajeuni par un peintre servile, mais un homme plus âgé, comme Brejnev l'était en réalité, oui, quelqu'un qui sembla regarder avec une amertume compréhensive ce jeune couple fouetté par les trombes d'eau...

Nous avançâmes d'un pas, découvrant tout à coup que le panneau avait la même structure qu'un toit posé par terre. L'autre versant, identique au premier, portait également un message politique, cette inscription visible aux passagers qui s'en allaient vers le sud : « L'URSS est le rempart de la paix, de la démocratie et de l'amitié entre les peuples ! »

La déflagration du tonnerre éclata avec une telle violence qu'instinctivement nous nous courbâmes et fonçâmes sous le toit formé par ces pans de contreplaqué. Il nous fallut traverser une haie d'épineux, enjamber des bouts de tasseaux... Ce double panneau était sans doute en cours de construction et c'est la tempête qui avait dû interrompre, ce jour-là, les travaux. À l'intérieur, le bois gardait l'odeur sèche et résineuse de la canicule d'avant la pluie.

Nous nous installâmes sur un amas de planches, soulagés d'être à l'abri... Peu à peu ce sentiment glissa vers une pensée à la fois amusée et triste : oui, nous avions enfin notre coin à nous, le gîte qui nous avait tellement manqué pendant nos vacances. Et quel gîte ! Nous imaginions, de l'autre côté du contreplaqué, le visage souillé de Brejnev, le slogan célébrant la démocratie et l'amitié entre les peuples... Notre chambre d'hôtel à nous.

Le silence que nous gardâmes ne nous pesait pas, le scénario joué durant trois semaines n'avait plus de sens, tout devenait naturel et simple. Au lieu d'une étreinte fougueuse, il y eut cette caresse immobile d'une main sur une épaule, cette joue serrée contre les doigts sentant la fraîcheur de la pluie. L'orage s'éloignait vers la mer, le grondement se faisait plus sourd, et la pluie, plus régulière, plus dense.

Les éclairs illuminaient encore notre abri et c'est sur fond de luminescence verdâtre que nous vîmes apparaître, dans l'embrasure de la hutte, ces deux ombres floues. Le brouhaha du tonnerre rattrapa la foudre et l'une des silhouettes, la plus petite, tressaillit tandis que l'autre se pencha, dans un geste protecteur. Nos yeux, habitués à l'obscurité, réussirent à distinguer leurs traits.

Il s'agissait d'un très vieux couple, tous deux étaient certainement octogénaires. Plus que leur visage ou leur démarche, c'était leur façon de parler et leurs manières qui trahissaient des êtres appartenant à une époque tout autre que celle où nous vivions… Ils semblaient ne pas avoir remarqué notre présence.

L'homme, long, sec, portant un large chapeau clair, entourait sa femme des soins qu'on a pour un enfant. Il la fit asseoir sur une planche recouverte d'un pull qu'il venait de sortir de son sac de voyage. Puis, secouant un grand parapluie, il le disposa ouvert à l'entrée du refuge, visiblement pour éviter les courants d'air. Sa voix était teintée d'une confiance souriante et ferme.

«Tu vois, tout est bien qui finit bien… Non, je n'ai plus mal. J'ai eu un peu chaud dans cette salle d'attente, c'est tout… Non, ce n'était pas le cœur, je t'assure, c'était juste un petit étouffement… Mais non, les gens n'étaient pas méchants, un peu énervés, c'est tout. Cet orage, ce vent, ils ont eu peur. Sinon ils nous auraient bien sûr proposé une chaise… Cela prouve qu'on nous prend pour des jeunes, c'est très encourageant. Et puis, les bousculades, nous en avons vu d'autres, tu te souviens… »

Un nouvel éclair fusa, le brouhaha du tonnerre couvrit les paroles. Le ciel, s'embrasant, nous laissa voir le vieil homme qui serrait doucement son épouse, comme pour la protéger des débris d'une explosion. Sa voix reprit, nous ne savions pas s'il fallait nous manifester, les saluer ou bien les laisser dans leur infini éloignement. À mesure qu'ils parlaient la distance qui les séparait de nous grandissait, rendant notre guet de plus en plus indifférent.

«Tu te rappelles ces gares, après la révolution? Ça, c'était une bousculade!… Comment?… Mais oui, nous étions encore déguisés en paysans et un jour, en pleine foule de gardes rouges, tu t'es mise à parler en français… Là, j'ai eu peur!… Oui, tu étais trop fatiguée… Ah, la Crimée en ces années-là n'était pas un paradis balnéaire, tant s'en faut… »

Le fracas de la foudre interrompit de nouveau ces paroles et nous laissa le temps de reprendre nos esprits : dans l'obscurité de notre hutte, presque à la portée de notre main, se trouvaient deux survivants de la Russie des tsars, deux Russes blancs, comme on les appelait autrefois, des gens nés bien avant la révolution, à la fin du dix-neuvième siècle sans doute et qui, pour des raisons mystérieuses, n'avaient pas émigré en Europe, avaient vieilli dans ce pays qu'ils ne pouvaient pas aimer et, à quatre-vingts ans passés, par une nuit d'orage, avaient échoué sous un panneau en contreplaqué que les rafales secouaient rageusement.

Le récit se poursuivit, toujours sur un ton qui cherchait davantage à rassurer la vieille dame qu'à rappeler des souvenirs communs. La voix du mari y parvint, son épouse, moins angoissée, intervenait de temps à autre, pour préciser un détail de leur passé, nous entendîmes même, deux ou trois fois, le mince grelot de son rire.

L'histoire qu'ils contaient tenait en quelques phrases : cette Crimée, ultime bastion de l'armée Blanche, les vagues de bannis qui s'y pressent avec l'espoir de prendre un bateau, traverser la mer Noire, se réfugier en Europe. Cet homme, jeune officier qui se bat jusqu'au bout mais au moment de la défaite ne s'embarque pas avec ses compagnons d'armes car son épouse doit arriver d'un jour à l'autre. En fait, elle l'attend dans un port voisin, sûre que le régiment de son mari partira de là. Chacun

voit un dernier bateau se préparer au départ, les gens qui
montent à bord les repoussent, ou bien tentent de les
entraîner… Ils restent sur le quai, ils attendent, voient
les Rouges occuper la Crimée. Et deux mois plus tard,
réussissent à se rejoindre, déjà dans une autre Russie.
Ils changent d'identité, censurent leurs conversations,
tentent de survivre et finissent par découvrir le remède :
dans la nuit sanglante qui s'abat sur la Russie, ils revoient
la lumière des instants venant de leur jeunesse. Ils remar-
quent aussi que tous les gens portent en eux ces reflets
lumineux du passé, mais ont peur d'y croire, de les partager avec les inconnus… Vingt ans après leurs errances en
Crimée, il y a une autre séparation : l'homme part à la
guerre contre Hitler, il lutte pour sauver cette nouvelle
Russie qu'il a combattue avec acharnement dans sa
jeunesse… En quatre années, ils se revoient une fois,
dans une gare. La femme, devenue infirmière, accompagne un convoi de blessés évacués vers l'arrière. Lui,
commandant d'un régiment, prépare la défense de la
ville… Après la victoire, c'est encore une fois au milieu
d'un immense attroupement, à Moscou, qu'elle vient
le chercher, en 45, à son retour du front. « La même
foule qu'en Crimée, tu te souviens ? » lui murmure-t-il à
l'oreille en leur frayant un passage au travers de la troupe
démobilisée… Les années passent, ils vivent toujours
avec le sentiment d'un miracle qui préserve en eux la
belle clarté de leur jeunesse. Ils ont même l'impression

qu'avec l'âge cette lumière se décante, s'affine... Pour les soixante ans de leur mariage, ils vont sur la mer Noire, d'abord une semaine en Crimée, puis un bref séjour sur le littoral du Caucase... Le soir de leur départ, un orage éclate, ils fuient la cohue de la gare et se retrouvent à l'abri, sous d'énormes panneaux de propagande. Si loin du monde et si présents dans leur monde à eux qu'ils n'ont jamais vraiment quitté...

Le train pour Moscou fut annoncé sous un ciel déjà libéré de pluie. Nous entendîmes claquer les portes de la gare, d'innombrables pas clapotants dans les flaques d'eau se précipitèrent sur les quais. Les bruits compressés dans l'espace étouffant du hall explosèrent en plein air : des altercations, des pleurs d'enfants, des appels au ralliement de proches, des aboiements de chiens...

Sans nous trahir, nous laissâmes les deux vieux voyageurs s'éloigner. Dans la foule, nous les perdîmes vite de vue, mais en arrivant au wagon où devait monter Léonora, nous comprîmes que c'était aussi le leur. Ils s'approchèrent au moment de nos adieux. C'est alors que nous constatâmes à quel point ils étaient différents des autres. Un couple ordinaire de leur âge se serait rué, l'air paniqué, vers le marchepied, nous repoussant peut-être, craignant le départ imminent, soucieux d'occuper leurs places... Le vieil homme et sa compagne se rendirent tout de suite compte qu'ils avaient devant eux de jeunes amoureux sur le point de se quitter. Ils s'arrêtèrent et même s'écartèrent un peu, en parlant tranquillement de l'orage qui se retirait vers le sud...

Au lieu d'effusions de circonstance, mon amie inclina légèrement la tête et mes lèvres frôlèrent son front. Ce baiser involontairement chaste nous parut le plus beau de ceux que nous avions échangés cet été-là... Léonora monta rapidement. De loin nous parvint le sifflet de la locomotive. Le vieil homme aida son épouse à escalader les hautes marches raides et, sans se presser, les gravit à son tour, heureux, eût-on dit, de sentir le train bouger déjà sous ses pieds. Je suivis du regard sa grande stature droite d'ancien militaire et le visage de sa femme, ses yeux largement ouverts sur la ligne des montagnes que traçait l'or mat de la lune...

En m'en allant, je retirai de ma poche une minuscule boule de papier mouillé, c'était la feuille où Léonora avait marqué son adresse. Je pensai que la mienne était devenue aussi illisible dans la poche de son jean. Cet effacement ne me peina pas. Un lien bien plus intense nous unissait, un souvenir qui rendait peu importante la possibilité de nous revoir ou non. Je ne savais pas exprimer cette certitude, j'en voyais seulement la luminosité, calme, constante, détachée de la fuite des années. Et qui n'a pas faibli depuis.

Le rêve que Patrick Dewaere avait fait naître chez les vacanciers de la mer Noire, en cet été-là, se réalisa une dizaine d'années plus tard. Le mur de Berlin tomba et sur le sol de l'ex-glacis soviétique, les hôtels poussèrent comme les champignons après la pluie : les amoureux pouvaient y descendre librement, à condition de ne pas être pauvres.

Un autre signe des temps nouveaux, ce musée de statues de cire, ouvert à Moscou, à l'instar des fantômes de Grévin. Un ami m'y entraîna un jour, voulant me montrer un personnage qu'il jugeait « renversant ». Le qualificatif était bien choisi car il s'agissait d'un vieillard assis dans un fauteuil à bascule. Un dispositif ingénieux, un système de filins et de poulies, était aménagé le long du mur. Les visiteurs pouvaient tirer une poignée et alors, le vieillard couvert d'un plaid à carreaux commençait à bouger, dans un roulis de plus en plus ample, limité toutefois par des cales. Le sculpteur avait réussi à imprimer à ce vieux visage un mélange de contentement niais et d'inquiétude. Les gens riaient, lançaient des quolibets...

Avec un étrange pincement d'amertume, je reconnus le personnage. C'était Brejnev. Non pas cet apparatchik lifté des portraits officiels mais une ruine humaine enveloppée dans un plaid et qui, tapie dans ses appartements du Kremlin, déconnectée des réalités, attendait anxieusement la fin.

Mon ami exultait :

« Tu te rends compte ? Quel symbole ! Imagine ce numéro il y a dix ans ! Que dis-je ?… Il y a seulement cinq ans ! On nous aurait tous envoyés en taule pour avoir ne serait-ce que dessiné ce vieux croulant ! Et dire qu'un tel fantoche a pu gâcher nos meilleures années, toute notre jeunesse en fait ! Attends, je vais tirer, regarde comme il se balance, non mais c'est à mourir de rire ! Vas-y, essaye, ce serait bien de le renverser pour de bon… »

Il me tendit la poignée. J'hésitai, puis refusai en prétextant vouloir aller vers d'autres personnages historiques. Nous marchâmes à travers les salles, croisant les regards vitreux des dictateurs, des stars, des fondateurs d'empire…

Me revint alors le souvenir du vieux couple sous un ciel d'orage, dans une petite station balnéaire de la mer Noire. Le vieux militaire de l'armée Blanche et sa femme. Qui plus que ces deux survivants de la Russie d'antan pouvait honnir le vieillard dans son fauteuil à bascule ? Qui plus qu'eux deux avait droit à une réparation de la part de l'Histoire ? Et pourtant j'étais absolument certain que jamais ils n'auraient saisi la poignée vengeresse. Car il n'y avait pas de haine dans leur cœur. Juste la luminosité des instants anciens que, durant la nuit d'orage, l'homme évoquait pour rasséréner sa compagne. « Tu te rappelles, disait-il réfugié sous la hutte des panneaux, le jour où je t'ai enfin retrouvée, en Crimée ? C'était l'hiver, une journée glaciale et pleine de soleil, nous mourions de faim… Et puis, dans un vignoble abandonné, tu as cueilli deux grappes de raisin, les dernières qui avaient échappé aux oiseaux et aux hommes, des grains desséchés mais divinement doux, on aurait dit des pépites de lumière. Nous les avons mangés et nous nous sommes remis à marcher… »

Quand, très rarement hélas, il m'arrive de croiser deux vieux êtres aussi incontestablement emplis de tendresse, j'imagine toujours leur vie comme un long cheminement par une journée d'hiver ensoleillée et limpide, une grappe de raisin doré à la main.

VI

Un don de Dieu

Les trapézistes doivent éprouver une pareille élasticité dans l'enchaînement de leurs voltiges. Les mouvements s'emboîtent avec un naturel aérien, sculptent le vide par l'ample balancement des corps.

Nous survolons ainsi la ville, ce matin.

Un réveil tardif, un regard paniqué sur la montre, les gestes commandés par un compte à rebours suspendu à un horaire de cars. Et l'excitante joie de voir qu'en noctambules aguerris, après trois heures de sommeil, nous réussissons à rattraper le temps. Acrobates et jongleurs à la fois : le piétinement dans l'étroitesse de la douche, puis la rencontre de nos regards rieurs dans le miroir au-dessus du lavabo, la frénésie de nos brosses à dents, l'odeur du café dispersé par un courant d'air, un bout de pain, une tranche de fromage que nous avalons sans nous asseoir, un brusque tourbillon de vêtements et – tel un cabrement après un saut de gymnaste – ce corps féminin qui se hisse sur des talons hauts et se redresse, grandi de douze centimètres.

Nous courons dans les rues ensommeillées, coupons en diagonale les carrefours. Pas de voitures dans cette petite ville, un samedi matin, les pigeons s'écartent paresseusement à notre passage. Arrivés à la gare routière (un kiosque aux vitres poussiéreuses), nous voyons un car qui entame sa manœuvre circulaire de départ. À l'abordage! Le chauffeur freine, indulgent comme on l'est pour un couple d'amants. Nous nous embrassons et mon amie monte rapidement. Les passagers ravalent leurs ronchonnements de circonstance et sourient à cette jeune femme qui, tanguant sur ses talons, traverse le couloir en tornade parfumée. La grisaille d'une des fenêtres, tout au fond, s'illumine de la vivacité d'un regard, du fouettement d'une chevelure claire rejetée derrière l'épaule. Et déjà, la tache rouge du car s'éloigne, se perd dans l'air gris de cette matinée de printemps.

Le départ me lègue une solitude facile à porter (nous nous retrouverons ce soir) et aussi ce vague sentiment de dépossession : un corps qui, cette nuit, se donnait à moi va se noyer tout à l'heure dans la foule d'une grande ville, dans l'agitation bruyante de la Nevski, s'offrir à la curiosité masculine.

Plus encore que ce pointillé doux-amer de notre brève séparation, c'est sa légèreté planante qui m'enivre, l'apesanteur d'une matinée de mai brumeuse, l'aquarelle transparente des premiers feuillages encore pâles. J'ai l'impression de pouvoir la traverser en volant. Oui, comme un trapéziste.

... Les amours qui ne prétendent plus à l'unicité de la grande passion offrent, en cadeau empoisonné, cette délicieuse désinvolture des sentiments. À cette étape de la jeunesse, on est encore trop insouciant pour comprendre qu'il s'agit d'un reniement. On apprécie surtout l'aisance psychique et charnelle avec laquelle une relation se noue, s'épanouit, cède la place à la suivante. Au lieu du grave monothéisme amoureux de l'adolescence, de ses orgues extatiques, on découvre avec soulagement la futile et multiple idolâtrie de l'inconstance. On apprend à siffloter du Bach...

Cela était encore plus vrai pour ceux qui, comme nous, dans le crépuscule du messianisme soviétique, avaient envie d'oublier la gravité ankylosante de ses décors. Mes interrogations exaltées sur la société fraternelle se trouvaient depuis longtemps rangées parmi les vieilleries poudreuses d'autres rêves enfantins. Nous avions compris : seule notre joie de vivre comptait et pour ne pas nous laisser rattraper par les croque-morts d'une idéologie pétrifiée, il fallait courir, ailé comme un funambule sur sa corde, d'un amour à l'autre, d'un plaisir volatile au suivant...

Le reflet rouge du car disparaît à l'angle de la rue, je m'apprête à rentrer, toujours grisé par l'amour débarrassé de tout son poids passionnel.

Et c'est presque par hasard, d'un coup d'œil distrait, que je remarque cette ombre tordue qui traverse le terminus. Le rappel en moi se fait immédiatement : je connais ce jeune homme. Depuis des années, je réussis à l'éviter…

Je pourrais l'ignorer aussi cette fois. Bien sûr, il m'a vu, il a même eu le temps d'apercevoir notre couple, notre rapide baiser, la souplesse valsante avec laquelle mon amie est montée dans le car. Il sait aussi que je viens de noter sa présence et que j'hésite à le saluer. Je suis sûr qu'il ne le fera pas le premier, par timidité, par un reste d'orgueil… Détourné de lui de trois quarts, je peux le laisser s'en aller sans éprouver trop de remords.

Ce qui me pousse vers lui est un alliage de générosité et de fatuité : j'ai une vraie pitié pour ce gars, c'est certain, mais le fait de l'interpeller est aussi une façon de ressentir la chance que j'ai d'être ce brillant amant, ce dandy las, grisé par une longue nuit d'amour…

Je pivote et je crie en exagérant la surprise :

« Jorka ! Alors, on ne reconnaît plus un vieil ami ! »

Si les hommes avaient un cœur d'acier, Jorka m'enverrait paître, en citant toutes mes esquives, toutes nos rencontres manquées quand, le regard ailleurs, je passais sans m'arrêter et que lui continuait à balayer devant l'entrée de la fabrique de meubles où il travaillait. Dans ces moments-là, il devait me suivre longuement du regard, se disant pour se consoler que je ne l'avais peut-être pas reconnu...

Il se retourne, me sourit et son visage mutilé exprime une joie désarmée. Être salué ainsi dans la rue par un ami est un événement trop rare dans sa vie pour qu'il puisse se permettre de le gâcher d'une rancœur. Les gens qui attendent à l'arrêt nous regardent venir l'un vers l'autre et, au fond de moi, un bref regret égoïste s'éveille: «Je n'aurais pas dû... C'est trop dur!»

Son histoire est à la fois simple, brutale, insoutenable et bête. Il est né dans la décennie qui a suivi celle de la guerre. Notre génération: les enfants venus au monde dix, onze ou douze ans après la fin des combats. La distance qui nous séparait de la guerre nous paraissait alors immense. Le temps passant, je comprendrais que ces dix ans n'étaient rien, la guerre veillait toujours dans les corps écharpés des soldats, dans le danger des munitions abandonnées que nous déterrions souvent en jouant sur les anciens champs de bataille... Un jour, ce fut ce gros obus trouvé dans une tranchée. Nous l'avons retiré pour procéder selon notre manière habituelle: un feu de bois, ce pétard d'acier se chauffant lentement avant d'exploser et de secouer la terre sous nos corps couchés dans un bosquet voisin. Ce soir-là, sous une bruine froide, le feu prenait mal, il fallait s'approcher, jeter dans les braises un peu d'écorces sèches. Personne parmi nous n'était assez téméraire, l'obus rôtissait depuis longtemps. Jorka s'est levé, est descendu dans la tranchée, a remué le feu, a eu même le temps de s'éloigner de quelques pas… Le bruit nous a assourdis et c'est dans le silence cotonneux provoqué par l'explosion qu'a surgi une image parfaitement immobile : une petite silhouette humaine suspendue au milieu des mottes de terre projetées vers le ciel… Puis la vie a repris son mouvement, mais dans un rythme assoupi, on eût dit. La poussière descendait sur le sol, nous marchions, comme à contre-courant des heures, vers la tranchée et je voyais un filet de sang couler très doucement sur le tronc d'un jeune arbre écorcé par les éclats… Après plusieurs opérations, notre camarade est devenu tel qu'on le connaissait depuis, un infirme dont le visage resterait à moitié racorni par le feu, un jeune bossu qui poserait sur le monde le regard triste de son œil droit et un regard effrayant de son œil gauche, en verre. Il garderait également ce diminutif de « Jorka », qui le figerait dans une soirée de printemps où son enfance s'était terminée, non pour s'élancer vers la jeunesse mais pour le repousser sur le bas-côté de la vie, dans une durée terne, sans saveur, indifférente au passage d'un âge à l'autre.

«Où vas-tu comme ça?»

Je force ma voix, à la manière de ceux qui voudraient cacher la gêne de parler à un exclu.

«Heu… À la gare. En fait, je vais cueillir des morilles…»

Sa voix, aussi, est trop forte pour cet échange banal. La partie intacte de son visage rosit légèrement. En cet instant, il n'est plus différent des autres, quelqu'un l'a salué dans la rue, il s'est arrêté et parle très naturellement à un vieux copain.

«Ah bon, des morilles? Tu les aimes tellement?

– Non, c'est que… En fait, je les vends, ça me fait parfois dix roubles de plus par mois…»

La confidence le rend confus, il baisse la tête, bredouille :

«Bon, allez, j'étais content de te revoir. Je vais prendre mon train. À la prochaine…»

Il me tend la main, s'en va. Et l'on devine qu'il fait un effort musculaire surhumain pour ne pas trahir sa marche boiteuse. La grosse chaussure de son pied droit râpe le macadam mais ses épaules sont bien redressées, de loin, on ne remarquerait pas son infirmité…

Je le rattrape à l'entrée de la station ferroviaire.

«Écoute, je pars avec toi! Ça fait une éternité que je ne suis pas allé à la cueillette. Et les morilles, je ne sais même pas comment elles poussent…»

Il voudrait répondre mais sa gorge est nouée, il opine juste de la tête, me montre sa corbeille, en émettant un grognement à la fois heureux et embarrassé. Nous nous installons dans un petit tortillard dont les vieilles banquettes en bois sont occupées surtout par des citadins qui, en ce dimanche, vont bêcher leur potager, dans la campagne proche.

Je suis grisé par mon rôle de jeune premier qui offre un peu de son bonheur à un paria. Je parle avec une énergie sonore pour que tout le monde nous entende, pour que ce petit bossu tassé en face de moi vive une demi-heure d'illusion et d'oubli. Je parviens à trouver ce ton délié et théâtralement naturel qui fait de notre bavardage une conversation banale entre deux amis du même âge. J'évoque nos souvenirs scolaires, j'énumère quelques prénoms de filles :

« Tu te rappelles Kira, celle qu'on appelait Chaperon rouge, et qui dansait comme une folle ? Et sa copine, Svetka ? Tu avais dessiné son portrait sur le tableau. Tu te souviens ? »

Ce sont des faits anciens, antérieurs à l'explosion. Je parle de cette enfance radieuse, je ris, plaisante, réussissant presque à gommer l'abîme qui sépare ses deux vies. Et avec une joie qui devient de moins en moins égoïste, je constate que nos voisins se laissent peu à peu hypnotiser par la légèreté de notre causerie. Je n'intercepte plus ces coups d'œil apeurés ou apitoyés qui accompagnaient mon ami durant les premières minutes de voyage. Les gens ne lui prêtent plus attention, ils lisent leurs journaux, bâillent, s'interpellent distraitement, regardent par la fenêtre. La voix de Jorka est maintenant détendue et seule une vigilance particulière pourrait détecter la tension dissimulée, tel le trac sous le sourire d'un jeune chanteur aveuglé par les lumières de la scène.

Il y a deux sortes d'invalides : ceux qui exposent leur mal, revendiquent bruyamment leur handicap, nous extorquent la compassion obligatoire, et ceux qui s'effacent, portent leur croix en silence et, surpris dans leur éloignement, nous font sentir le souffle d'une existence dont la douloureuse richesse rend notre vie de bien-portants étrangement pauvre.

Par une habitude depuis longtemps instinctive, Jorka s'est assis dans un coin, ainsi la moitié défigurée de son visage reste cachée aux passagers qui traversent le wagon. Il incline la tête vers l'épaule, pour ne laisser voir que son œil sain. Son pied mutilé, avec son énorme chaussure, est rentré sous la banquette. Un regard inattentif ne verrait qu'un jeune gars, un peu courtaud, qui bavarde joyeusement avec un camarade.

« Le portrait de Svetka ? Si je m'en souviens ! La prof m'a d'abord obligé à l'effacer devant toute la classe, puis elle m'a fichu deux heures de colle, et en plus m'a traité de Picasso dans sa période rose. C'est vrai, j'étais rouge de honte… »

Nous rions et je ne cherche plus sur son visage des traces de blessures.

Les amateurs de jardinage quittent peu à peu le train, le quadrillage des champs cède la place à la forêt. Nous descendons à une station dont la plate-forme, en terre battue, semble une simple clairière. Le soleil est déjà haut, l'air est chauffé comme en juillet, mais la fraîcheur des fourrés picote la respiration d'une amertume de glace.

Les dernières congères dorment encore dans les cuvettes, au fond des endroits les plus ombragés. Le bruit du train s'efface, nous plongeons dans le mystère de cette forêt à peine teintée de verdure et donc plus silencieuse qu'en été où les feuillages parlent, chacun sa langue. Jorka connaît bien l'endroit et je me laisse guider, avec cette agréable résignation enfantine qu'on ressent à côté d'un pisteur de forêt. Nous montons sur un tertre couvert de bruyère, contournons une combe humide, longeons un petit cours d'eau où chaque pierre, sous un rayon de soleil, paraît une gemme. Au début, j'essaye de poursuivre notre bavardage, mais les mots s'épuisent vite, nous n'avons plus besoin de jouer les vieux copains volubiles. Jorka est dans son élément, l'ombre des fourrés, les vestiges de la neige qui bruissent sous les pas, le silence. De temps en temps, il s'accroupit, écarte précautionneusement les feuilles mortes et, sans se presser, coupe le pied d'une morille. Il m'a laissé humer sa première prise : une odeur qui éveillait étrangement le souvenir d'une soirée d'hiver, d'une joie oubliée… Je tente de l'imiter, fouillant dans la couche d'aiguilles de pin, relevant les branches tombées, mais je ne trouve rien. Avancer sans but, dans cette forêt en attente de l'été, est un bonheur qui me suffit. L'essentiel est de ne pas perdre de vue la silhouette boiteuse de Jorka, de ne pas écraser ces petites fleurs pâles qui percent, çà et là, à travers l'humus, de ne pas rompre la secrète compréhension m'attachant à ce bonhomme qui disparaît et réapparaît derrière les arbres.

Ces pensées partagées dans une errance muette sont claires. Je revois notre enfance, peu distante de la guerre et des horreurs auxquelles nous avons échappé. Notre génération a su tourner la page, s'élançant vers l'avenir, dans la ronde de nos jeunes amours. Jorka, lui, n'a pas eu notre chance. Le passé, telle une congère tapie dans la broussaille, l'a fait trébucher, il est tombé, happé, entraîné par un temps où mourir était si banal. L'injustice qui l'a frappé est révoltante, inacceptable et, pourtant, stupidement ordinaire, comme tous les hasards malheureux de nos vies. S'il avait attendu trente secondes de plus, couché aux côtés de ses camarades, l'obus aurait explosé et…

Oh, ces « si » ! Quel diable ou quelle fatalité l'a poussé, ce jour-là, à se lever, à s'approcher du feu, à remuer les braises ? J'aurais pu le retenir en l'attrapant par une manche, ou lui faire un croche-pied, ou bien aller moi-même vers l'obus chauffé par les flammes. Dans ce dernier cas, ce serait moi, à présent, qui clopinerais, défiguré, dans un sous-bois printanier…

Il a dû, depuis ce jour fatal, retourner de telles idées mille fois dans sa tête. «Pourquoi moi? s'interrogeait-il. Et pour expier quelle faute?» Les années passaient, venait l'habitude de se supporter tel qu'il était désormais, les questions restaient sans réponse.

Je revois aussi ce moment figé dans le temps: un corps d'adolescent suspendu dans un geyser de terre soulevé par l'explosion. Un envol statique que nos yeux effrayés ont découpé et photographié pour toujours. Le moment où le destin devait se demander s'il ne valait pas mieux tuer cet enfant au lieu de lui accorder une vie d'infirme. Cette probabilité est devenue, pour Jorka, un motif lancinant que seul le suicide aurait pu rompre. Pensait-il à ce geste?

Y pense-t-il, maintenant, dans cette forêt où il marche lentement, s'accroupit, caresse la couche des feuilles mortes? Parfois, il se retourne, me sourit, toujours la tête inclinée sur le côté. Que peut-il attendre de cette vie? La douceur d'une femme, un amour? Certainement pas. Son physique a été broyé avec, dirait-on, un soin particulier, comme pour évincer la moindre chance d'une rencontre, d'une relation de tendresse. Qu'est-ce qui lui reste alors? Il vendra ces morilles, achètera une bouteille d'alcool et, pris de boisson, rêvera. Mais de quoi? De qui?

La vision de Jorka seul, ivre, m'est tellement insupportable que je me rabats sur une lueur d'espoir, une issue sentimentale que nous imaginons toujours pour les exclus : cet homme mutilé et une jeune fille, elle-même invalide, un peu de chaleur humaine, une âme sœur qui...

Je me surprends à le souhaiter avec une émotion rare, comme s'il s'agissait d'un vœu que je voudrais à tout prix voir exaucé. Je me sens tout à coup dépourvu de mon assurance d'amant voltigeur, je suis prêt à renoncer à une part de mon bonheur pour que leur bonheur humble soit possible. Je pourrais, par exemple, accepter de vivre une rupture, d'affronter une solitude temporaire, d'être séparé de la femme que, ce matin, j'ai accompagnée à la gare...

La sensation est sincère – c'est presque une prière – elle me fait comprendre qu'une chose essentielle manque à la planante frivolité de ma vie.

Je me secoue pour me défaire de ces pensées graves, j'imagine le retour de mon amie, ce soir, nos retrouvailles, l'insouciante avidité du désir, une nuit passée à nous aimer, à rire, à jouir de la jonglerie de mots, de caresses, de projets pour l'été tout proche... Cette promesse m'éloigne encore du but de notre cueillette, je souris : la légèreté de ma façon de vivre, c'est aussi ce départ sur un coup de tête et le vagabondage dans un bois humide en compagnie d'un bossu qui ressemble à un personnage de contes. Oui, la vraie joie est de pouvoir papillonner au-dessus d'une multitude de possibilités, un peu anarchiques, un peu dérisoires. Je marche, respire, sans plus penser à Jorka…

Je le repère à un craquement de branche, à l'orée d'un bosquet de trembles. Son pied mutilé a accroché une racine. Tombé à genoux, il se relève avec une maladresse confuse. Je suis peiné de voir combien son infirmité le rend désarticulé : il lui faut l'effort de ses deux mains pour repousser la terre, se redresser…

«On ne va pas aller plus loin, me dit-il en montrant un champ derrière lequel bleuit une belle futaie, tentante par la majesté de ses arbres. Ces champs étaient minés, pendant la guerre. On ne sait pas ce qui peut rester caché dedans…»

Sa voix est sourde, marquée par une colère retenue qui s'épuise vite dans la lassitude.

«Il y a encore tant de ces conneries enterrées…

– Mais tes morilles, alors ? Tu n'en as pas trouvé beaucoup, hein !»

Je ris pour le distraire de la vision de ce champ où veille la mort.

Il secoue doucement sa corbeille où les champignons sont recouverts de feuilles de fougères, elle n'est qu'à moitié pleine.

«Bon, j'en ai cueilli une douzaine. Cela me payera mon billet. C'est déjà ça…»

Il m'adresse son petit sourire oblique et nous nous mettons sur le chemin du retour.

Je marche dans les pas de Jorka et notre escapade me paraît encore plus vaine qu'avant. Il était parti pour gagner un peu d'argent, de quoi s'acheter sans doute de l'alcool, son philtre d'amour et de rêves. Et voilà qu'il a ramassé juste ce qui lui suffit pour amortir le voyage. Pauvre gars! J'essaye de détourner ma pensée de cette figurine basse qui claudique devant moi, je ne veux plus m'exposer à la déchirante ineptie de sa vie meurtrie.

Le train que nous reprenons est bondé, nous sommes obligés de voyager debout, entourés d'autres passagers. Jorka baisse la tête, telle une bête encerclée, et ne parvient plus à dérober aux regards les plaies de son visage. Les gens montent, chauffés par une longue après-midi de jardinage, les faces rouges de soleil, les voix râpeuses de soif. Ils nous poussent sans ménagement, certains aperçoivent les blessures de Jorka et s'écartent, ne prenant pas la peine de cacher leur gêne ou leur dégoût. Il finit par presser une main contre son front et ne bouge plus, dans le geste de quelqu'un qui tente de se souvenir d'une chose très importante. Ses yeux sont fermés.

À l'arrivée, nous faisons quelques pas ensemble, conscients soudain que le voyage est fini, qu'il nous faudra maintenant nous séparer, pour de longues années peut-être, comme avant cette rencontre, bifurquer vers des vies trop différentes pour qu'elles puissent se croiser souvent. Nous nous arrêtons justement à un carrefour où nos chemins divergent.

« Bon, c'était vraiment sympa de te revoir, Jorka ! Il faudra absolument que… »

Mon ton est presque naturel, je réussis à me convaincre que demain ou après-demain, qui sait, nous allons nous rencontrer de nouveau, renouer les liens de notre lointaine amitié d'enfance… Jorka opine, la tête penchée de côté, puis quand je m'apprête à lui dire au revoir et à me sauver, il soulève un peu sa corbeille, écarte les larges feuilles de fougères qui protègent ses morilles…

Et il retire ce petit bouquet rond, compact, composé d'une multitude de fleurs blanches. Des perce-neige comme j'en ai vu dans la forêt.

« Prends-le, me dit-il, tu pourras l'offrir à… à quelqu'un. Seulement, il faut envelopper les tiges, sinon tu les brûleras avec ta main. Voilà, ce bout de journal… Moi aussi j'ai été content de te revoir… Allez, bonne chance. »

Il s'en va déjà, sans se retourner, avançant avec toute la célérité que lui permettent ses jambes. Je suis tenté de le rattraper, de le remercier… Mais j'ai peur de rencontrer de nouveau son regard. En m'offrant le bouquet, il m'a dévisagé, et j'ai cru que ses deux yeux étaient pareillement vivants, tant m'a semblé intense l'étincelle fluide qui a brièvement scintillé sous ses paupières.

Je vais chez moi d'une démarche lente, répétant mentalement ses paroles : «Tu pourras l'offrir à… à quelqu'un…» Ce quelqu'un, c'est mon amie qu'il a vue monter dans le car, ce matin. Il a vu notre étreinte d'amants, notre baiser… Et donc, en marchant dans la forêt, il a dû penser à cette jeune femme, à sa beauté, à l'amour qui nous lie. Il en oubliait ses morilles, cueillait surtout les fleurs en rêvant au moment où elle les trouverait, en rentrant, le soir.

À la maison, je mets le bouquet dans un vase bas et les fleurs revivent, formant un superbe panache neigeux. Leurs corolles sont légèrement bleutées, comme les incrustations de ce ciel pâle qui se reflétait dans les flaques de neige fondue, au milieu des arbres. J'imagine Jorka, seul, dans sa chambre, en train de penser à la surprise de mon amie qui verra ces fleurs et qui me demandera : «Tiens, mais d'où vient cette merveille ?» Et moi je lui répondrai : «Un ancien camarade a cueilli ces perce-neige pour toi…» Et il existera ainsi dans les pensées d'une jeune femme amoureuse dont la tendresse le concernera un tout petit peu, par le reflet du bouquet dans les grands yeux joliment maquillés… Oui, il doit vivre maintenant ce rêve-là.

Mon amie me rejoint tard, arrivant par l'un des derniers cars en provenance de Leningrad. Elle entre, m'embrasse, voit le bouquet. Et ne pose aucune question. Tout simplement, elle s'incline, noie son visage dans le halo finement parfumé des fleurs, ferme les yeux. Et quand elle se redresse, ses yeux sont embués de larmes. « Elles sentent l'hiver, dit-elle. Nous nous sommes rencontrés en décembre, n'est-ce pas… »

Cette nuit, il y a dans notre façon d'aimer une douceur inhabituelle, comme si nous nous retrouvions après une très longue séparation, après avoir beaucoup souffert et vieilli.

Un quart de siècle plus tard, un souvenir me revient, faisant penser à un banal roman psychologique : pendant la journée passée à Leningrad, mon amie a rencontré un homme, son futur mari. Le reste de notre histoire s'est réduit, depuis, à un vague reflet de légèreté juvénile, d'insouciance, de futilité sentimentale. Avec un effort de mémoire, je pourrais restituer des bribes de jalousie, l'écho des répliques échangées au moment de notre rupture, deux ou trois vestiges charnels qui ont survécu à l'effacement. Rien d'autre. Rien.

Et très loin de ce glissement de fantômes, se poursuit un lent crépuscule de mai. La pénombre d'une pièce, l'éclat bleuté d'un bouquet dans un vase. Une femme s'approche, plonge son visage dans la fraîcheur des corolles, se redresse rêveuse, les yeux emplis d'une tristesse que je ne comprends pas encore. Se poursuit aussi une nuit d'amour où chaque geste paraît doté d'un sens nouveau, d'une tendresse fervente. Une nuit où nous nous sentons très fragiles, déjà condamnés par le temps. Et souverainement éternels dans cette nuit-là.

Ceux de mes amis qui ont connu Jorka évoquent sa disparition en parlant toujours d'un accident mortel survenu à l'âge de vingt-six ans. Quelques mois donc après notre cueillette de morilles. Un accident…

Ce jour-là, en octobre, Jorka prit le même petit train, suivit les mêmes sentiers, traversa la forêt, cette fois toute lumineuse de feuillages dorés. Il n'emportait pas de panier, pas de couteau pour couper les champignons. À l'orée d'un grand champ envahi d'herbes brunies, il s'arrêta un instant, respira profondément, puis marcha droit devant lui… Il y eut deux explosions : la première mine le tua, l'autre fut réveillée par la détonation de la première. Un chasseur qui errait dans les parages donna l'alerte.

Longtemps j'ai ressenti pour Jorka une grande et inévitable pitié, une compassion presque obligée. Plus maintenant. Car j'ai fini par comprendre qu'il s'était élevé bien au-delà de nos jeux humains, de nos rancunes, regrets, remords. Je revois sa silhouette boiteuse qui s'éloigne rapidement, me laissant avec un bouquet dans les mains. Il me transmet les fleurs, s'en va et son geste ouvre, dans la fuite hâtive et oublieuse de mes jours, le début d'une vie qui ne passe pas, comme la beauté de ce visage féminin embaumé de la senteur hivernale des perce-neige.

«Un don surhumain!» me dis-je souvent, ne sachant comment exprimer mieux la simplicité avec laquelle ce petit infirme m'a offert l'instant d'amour le plus vrai, peut-être, parmi ceux que j'ai vécus.

Et comme pour prouver la réalité de ce don qu'il portait en lui, il s'est figé, un jour, au bord d'un champ, a attendu que sa respiration se calme et s'est avancé, le regard sur la ligne dorée d'une futaie lointaine.

À ce moment, ses gestes et ses pensées ne s'adressaient plus à nous autres humains.

Parfois, je me rappelle aussi son avertissement à propos de ces premières fleurs de printemps, très délicates et dont les tiges fines et fragiles peuvent être brûlées par la chaleur brutale de notre sang.

Comme les âmes des êtres que nous aimons.

VII

Les prisonniers de l'Éden

Sur plusieurs kilomètres, la splendeur qui nous entoure n'a pas varié. Le bouillonnement des branches fleuries, la crème fouettée des pétales, une vague blanche débordant sur une allée de pommiers où nous marchons, ivres de leur arôme qui a fini par remplacer l'air. Comme si, nous retrouvant sur une planète inconnue, nous nous étions accoutumés à respirer une atmosphère composée de fragrances surnaturelles au lieu de l'habituelle combinaison des gaz terrestres.

Au bout d'un moment, la tête commence à nous tourner, nous avons l'impression de flotter lentement dans l'enfilade odorante qui s'ouvre à l'infini devant nous.

Jamais de ma vie je n'ai vu un verger aussi immense. «Seize kilomètres sur vingt-deux», m'a renseigné la jeune femme que j'accompagne. Nous sommes entrés dans ce royaume de la floraison il y a déjà une heure et demie et donc, progressant toujours tout droit, dans l'allée centrale, il nous faudra encore deux ou trois heures pour traverser la gigantesque pommeraie. D'ailleurs, plus que ses dimensions extravagantes, c'est sa beauté qui m'éblouit. Sous un soleil vif, ce flot écumeux se déverse sur nous, nous étourdit de senteurs, nous fait chavirer dans le rêve que tout homme caresse, se voyant marcher sur les vaporeuses rotondités des nuages…

Le silence est parfait : aucun insecte, pas d'oiseaux, la lumière égale, le ciel d'un bleu profond, la pureté immaculée des efflorescences, l'air infusé de suavité. C'est un paradis !

Et pourtant nous sommes ici pour démontrer qu'il s'agit d'un enfer. Telle est la tâche que s'est assignée mon amie, journaliste et ardemment dissidente, résolue de dénoncer, dans un article de samizdat, cette «pommeraie modèle», l'une des réalisations absurdes du socialisme soviétique finissant.

«Tu vois, tout le délire du système communiste est concentré là, me disait-elle au début de notre traversée. Un verger cyclopéen dont le but est purement idéologique : réussir la plantation la plus vaste du monde. Le triomphe de l'agriculture collectiviste ! Et ce n'est pas tout. Ces pommiers sont plantés d'une façon particulière. Lorsque les vieux crocodiles du Kremlin arrivent de Moscou à Kiev, de leurs limousines, ils voient une étendue blanche ininterrompue, car les arbres, comme tu peux le constater, sont serrés les uns contre les autres…

– C'est plutôt joli…

– "Joli!" Comme tu y vas! Non mais toi, tu n'as pas grandi : dix ans d'âge mental, et ça depuis le temps où nous étions tous deux à l'orphelinat… "Joli"! Sache, mon pauvre ami, que ce verger est complètement improductif. Aucune abeille ne voudra se taper dix kilomètres pour voler jusqu'au centre de cette plantation délirante. Du coup, les fleurs sont privées de pollen et les arbres ne fructifient pas. Cette pommeraie idéale ne donnera jamais de pommes, elle est stérile! Exactement comme le régime sous lequel nous avons le malheur de vivre. Tu as compris maintenant? »

J'ai opiné, la tête rentrée dans les épaules, imitant un élève un peu sot mais plein de bonne volonté. Mon amie a conclu son exposé :

« Joli… Peut-être. En tout cas, c'est une beauté parfaitement inutile. »

J'ai voulu plaider la merveilleuse inutilité du Beau mais la discussion m'a paru soudain sans intérêt. L'océan blanc où nous plongions lentement rendait tout jugement de plus en plus vain. Bien sûr, on pourrait moquer le gigantisme soviétique, la volonté de transformer tout détail du réel en message de propagande. Et ce glissement inéluctable vers l'absurde, tendance propre aux régimes totalitaires frappés de sénilité. Je ne pouvais que partager les propos caustiques de mon amie. Mais la pensée s'épuisait vite, la marée blanche devenant une ivresse, le regard se dilatait, offrant une tout autre façon de voir, de comprendre, de se situer face au monde.

Au début, mon amie voulait photographier cet exemple de «village Potemkine à la soviétique», comme elle disait. Elle a pris quelques vues, s'est reconnue vaincue :

«Il faudrait aller sur la Lune, question d'avoir assez de recul, à une telle échelle de mégalomanie!»

Elle a rangé l'appareil et nous nous sommes remis à marcher, ne formulant plus aucun commentaire sur le lent déferlement floral qui nous entraînait dans sa splendide folie.

Peu à peu les derniers repères du temps et de l'espace se sont effacés.

Pourtant, le moment historique où se déroulait notre balade, ce milieu des années quatre-vingt, était singulièrement marquant. Les vieux crocodiles du Kremlin dont parlait mon amie mouraient l'un après l'autre. Un jeune dirigeant dont le nom était encore peu connu faisait naître de confuses espérances. Nos compatriotes désabusés n'y croyaient pas beaucoup. Le régime en place paraissait promis à une longue vieillesse triste, empiétant sur notre soif de liberté, nous abreuvant de mensonges, se ridiculisant par des réalisations aussi colossales qu'absurdes. Oui, cette infinie pommeraie, entre autres.

Le petit souffle de changement qui se levait, en ce printemps-là, a produit chez les intellectuels contestataires une réaction inattendue : au lieu de se réjouir de ces premiers signes du dégel, les dissidents lançaient des attaques plus que jamais virulentes contre ce régime décrépit et, redoublant d'intransigeance, ils exigeaient une libéralisation immédiate et radicale. Mais surtout, tout le monde se déclarait à présent opposant. Ils étaient bien moins nombreux à l'époque de Chalamov…

Je n'osais pas évoquer avec mon amie le paradoxe de cette combativité tardive. Je tenais trop à lui rester proche. D'abord parce que je connaissais cette fille depuis l'enfance et savais qu'adolescente, elle était déjà farouchement rebelle, d'où son surnom de « Chaperon rouge » : à l'orphelinat, elle s'évertuait à se procurer un bonnet écarlate, pour narguer nos couvre-chefs gris réglementaires… Et puis c'est elle qui, un mois auparavant, était venue à l'hôpital militaire où j'étais soigné pour des brûlures reçues dans un crash d'hélicoptère, en Afghanistan. Sa visite m'avait touché, je savais déjà que les liens tendres, dans cette vie, se rompent facilement, surtout quand on part pour une guerre que tout le monde juge inutile. En réalité, elle n'était pas venue pour mes beaux yeux, ni pour partager la nostalgie de notre enfance. Son but était de publier mes propos dans son journal de samizdat… Je fus un mauvais conteur, ne pouvant que répéter ce qu'elle affirmait : oui, une guerre sale, une idéologie moribonde qui essaye de s'exporter, en sacrifiant des milliers de jeunes vies… Mon amie espérait que je lui parle de la contestation qui, selon elle, devait forcément sourdre dans les régiments. Je l'avais de nouveau déçue : le soldat devient vite une bête assez primaire qui veut tout simplement survivre et pour cela, il trouve plus commode de ne pas trop réfléchir. « Donc, aucun moyen de résister ? – Si, l'alcool. Et la drogue… »

À ma sortie de l'hôpital, elle m'a invité à cette expédition dissidente dans la pommeraie modèle. Comptait-elle avoir un peu plus de temps pour me faire parler de mon passé de soldat ? Ou bien, tout simplement, préférait-elle être accompagnée par un homme dans cette traversée d'une campagne lointaine ?

Nous progressons maintenant, en silence, à travers un songe blanc, doux, parfaitement immobile. Nul souffle d'air ne peut pénétrer la densité fleurie de ces myriades d'arbres, aucun bruit, les branches moussant de pétales sont figées, leurs ombres, dans l'allée, aussi. Je sais que mon amie est là pour recueillir les preuves de la bêtise criante que révèle un pareil projet arboricole et pourtant, je la sens de plus en plus décontenancée : son verdict a été formulé avant l'excursion, mais

elle n'a pas prévu la superbe démesure de cette plantation démentielle. Je lui jette de temps en temps de petits
coups d'œil furtifs. Elle avance d'un pas incertain, regardant à droite, à gauche, avec une incrédulité vaguement
angoissée. Cette avalanche blanche où nous sombrons
est extraordinairement belle, impossible de le nier. Belle
jusqu'à l'extase, jusqu'à l'évanouissement, si incroyable-
ment belle que celui qui l'admire oublie peu à peu qui
il est, pourquoi il est ici, oublie même qu'il lui faudra,
à un moment, quitter ce rêve nébuleux pour revenir
dans sa vie d'avant.

Quelle vie ? Je déchiffre cette question dans les yeux
écarquillés de mon amie. Et l'allée se déroule devant
nous, toujours dans le même éclat lacté, une enfilade
égale, hypnotique, interminable.

Je finis moi-même par éprouver une légère inquiétude : seize kilomètres sur vingt-deux ? Et si mon amie
s'était trompée et qu'il s'agissait non pas de vingt-
deux kilomètres mais de quatre-vingt-deux ? La folie des
grandeurs n'a pas de limites. Pour me défaire de ce début
d'anxiété, j'essaye de définir tout ce blanc qui se déverse
sur nous. Les amateurs de jolies phrases parleraient de
la blancheur nuptiale, ou bien nivéale, ou encore virgi-
nale… Je souris, tant ces mots sont loin de ce qu'on y
respire, voit, perçoit par tout son être.

Mais surtout comment exprimer la présence de cette
amie à mes côtés, une petite fille d'autrefois, Kira, appelée

«Chaperon rouge» et qui est devenue une superbe jeune femme rousse, au visage finement ciselé, au corps musclé, vivant dans chacun de ses galbes? Une femme qui, en venant à l'hôpital, a fait naître en moi l'espoir d'un attachement, d'une tendresse. Et qui aime ardemment un autre, un homme engagé, comme elle, dans ces histoires de dissidence et de publications clandestines auxquelles je suis tellement étranger. C'est lui, le héros de sa vie. Moi, je ne suis qu'un ancien camarade d'enfance, elle me l'a fait comprendre au moment même où je commençais à m'installer dans le rôle d'un guerrier blessé dont une femme allait tomber amoureuse…

Je la regarde à la dérobée, ses yeux sont largement ouverts, ses lèvres bougent légèrement et, dans sa pensée, elle doit raconter, en anticipant, notre expédition à celui qu'elle aime.

Brusquement, l'allée interrompt sa splendide monotonie, s'élargit et débouche sur un rond-point – à l'évidence, le centre topographique de la géante pommeraie. Une autre allée forme avec la nôtre un croisement géométrique rigoureux. Nous sommes donc au cœur de cet univers onirique.

Le milieu de la place circulaire est occupé par une courbe en béton, un bassin très peu profond et dont les bords sont à moitié revêtus d'épaisses dalles de marbre rose. C'est une fontaine en construction, ou plutôt en abandon. Des tuyaux rongés par le vert-de-gris traînent entre les amas de gravier et de sable. Et au fond du bassin sinue un filet d'eau très fin. Il doit couler depuis des années car sa fuite patiente a rempli un minuscule étang retenu par la barrière de gravier. Les pluies ont dispersé le sable, formant une petite bande de plage. L'eau, d'une limpidité de cristal, fait briller des paillettes de mica et cette pièce de monnaie, perdue certainement par un ouvrier.

Mon amie ne dissimule pas sa joie. L'angoisse de nous retrouver dans une allée sans fin se dissipe. Cette place centrale indique bien que nous sommes arrivés à mi-chemin du parcours : encore deux heures de marche et nous ressortirons de l'autre côté de ce rêve stérile.

Kira l'annonce à haute voix, en riant, en reparlant de l'absurdité du régime contre lequel elle lutte avec ses amis :

« Le plus bête, c'est que cette époque soviétique ne laissera même pas de belles ruines. Juste des débris de chantiers abandonnés, comme cette fontaine ridicule… Et si je me baignais ? Je crève de chaud. En fait, j'ai mon maillot, je pensais aller à la piscine, en rentrant, mais cette escapade va prendre, je le crains, plus de temps que prévu. Bon, tu fais ce que tu veux, mais moi je plonge ! Cette flaque, ça sera la balnéothérapie à la soviétique… »

Elle entre dans la pommeraie pour se changer, apparaît en maillot, me coupant le souffle par le dessin insolent de son corps, un corps déjà bronzé et plus éclatant de féminité que je n'aurais pu imaginer. L'eau du petit étang lui arrive à peine à mi-mollet, ce qui ne l'empêche pas de s'étendre de tout son long, de s'asperger, d'imiter même, pour m'amuser, la vraie nage…

La fraîcheur du bain lui redonne de l'énergie. Elle se hisse sur un tas de sable et, passionnément, se met à me raconter « leur » combat. Des réunions clandestines à Moscou, à Leningrad, à Kiev. Des manuscrits qu'on réussit à envoyer en Occident, dans les valises diplomatiques. De longues heures nocturnes passées à fabriquer des microfilms qui immortaliseront ces textes dont dépend le destin de l'humanité. Surtout ce texte-là, fatalement inachevé car atteignant au génie, le roman dont l'ami de Kira a interrompu l'écriture. L'homme est empêché par le climat irrespirable que fait régner le régime, par l'ampleur de son projet littéraire (« Les sept décennies du soviétisme ! » m'explique Kira. Et en baissant la voix, elle me révèle le titre : *Les Prisonniers de l'Absurdie*)… Les affres de l'écriture sont aggravées par l'éloignement forcé qu'on impose à cet auteur rebelle.

Je baisse aussi la voix pour demander avec compassion :

« Il est au goulag ? »

Je sens Kira légèrement gênée.

« Non, pas tout à fait. Plutôt en exil. À cinquante kilomètres de Moscou, même un peu plus. Tu te rends compte, envoyer un artiste comme lui parmi les bouseux, dans un kolkhoze peuplé d'ivrognes idiots et où il doit vivre dans une baraque sous un toit qui fuit ! »

Elle parle avec véhémence et ne se doute même pas que ses paroles peuvent me rendre jaloux. En fait, j'existe très peu pour elle. J'essaye de ne pas me trahir, de ne pas montrer que la vie qu'elle décrit me paraît pleine de contradictions.

« Et cet homme, enfin, ton ami, il a… un métier ? Il travaille ? »

Kira me foudroie d'un regard en feu.

« Lui, travailler ? Mais c'est un créateur ! Il s'oppose à ce régime qui bafoue son talent. C'est une activité qui le prend tout entier ! Je vois que tu n'as vraiment rien pigé… »

Je bafouille une protestation conciliante : si, si, je comprends maintenant…

Non, ce que je comprends, mais je ne le dirai pas à Kira, c'est la rapidité avec laquelle ces artistes contestataires parviennent à former une caste d'élus. À côté d'eux nous autres, les non-initiés, devenons des bouseux, des méprisables. Sauf que l'auteur de l'*Absurdie* n'oublie pas de manger trois fois par jour, et ce sont les bouseux et les galeux qui assurent sa subsistance… Je regarde Kira glisser langoureusement de son tas de sable vers l'eau, s'allonger dans sa transparence dorée. « Un créateur… » Après tout, c'est peut-être un type bien dont j'envie le destin. Et la chance d'être aimé comme Kira l'aime.

Elle reste étendue dans notre petit étang, ses yeux sont fermés, ses lèvres frémissent de nouveau sur des paroles muettes qu'elle est en train d'imaginer pour l'homme de sa vie. Malgré sa beauté, elle me paraît soudain sans défense. La force qu'elle met dans ses critiques contre le régime est aussi un signe de faiblesse : cette société soviétique qu'elle déteste est déjà moribonde, Kira perd le plus bel âge de sa vie à s'acharner sur un cadavre. Ou bien, cet acharnement est le prix qu'elle doit payer pour être acceptée dans le milieu de l'intelligentsia dissidente de la capitale. Elle, une provinciale pauvre, sans relations, ancienne pupille d'un orphelinat. Le Chaperon rouge…

Le souvenir de notre enfance me revient, la solidarité plus que familiale qui nous liait les uns aux autres, un transfert vers nos camarades de notre désir d'aimer un proche. Oui, la recherche d'une mère absente dans les traits d'une enseignante, d'une élève… Enfant, je devais fixer ainsi le visage de Kira.

Je voudrais rassurer cette petite fille dont je devine la présence dans la belle jeune femme si sûre d'elle et si fragile en réalité.

« Tu as raison, Kira. Sur toute la ligne. Cette société n'en a plus pour longtemps. Et tes amis artistes, je peux les comprendre : la censure, l'impossibilité de voyager, des magasins vides. Sauf que… Tu vois, nous deux, par exemple. Nous avons été élevés dans un orphelinat, d'accord ? As-tu jamais manqué de nourriture ? Non. La même chose pour les vêtements. C'était très modeste, mais on ne se promenait pas en haillons. Et puis, nous avons pu, toi et moi, faire des études universitaires sans que des parents riches nous payent des répétiteurs et un logement. Mais surtout… »

Un gros éclat de rire m'interrompt. Kira se redresse dans l'eau et, de ses deux mains, m'envoie de longues giclées de gouttes.

« Tu es un indécrottable léniniste ! Mais oui, je me souviens maintenant que c'est toi qui nous as entraînées, moi et d'autres filles, à la recherche d'une vieille folle qui avait soi-disant rencontré Lénine ! Tu vois, à douze ans, tu étais déjà complètement endoctriné… C'est incroyable comme on peut rester attaché à cette idée pourrie du communisme ! Tu serais capable de faire une excellente propagande pour le paradis soviétique. Études gratuites, médecine gratuite… Qu'est-ce que tu vas nous sortir encore ? Des trains gratuits pour le goulag ? C'est ça ? »

Elle rit aux larmes et, un bref moment, je commence à douter de la fragilité que son assurance dissimulerait. Elle a l'air d'une jeune femme particulièrement à l'aise dans l'existence qu'elle a choisie.

« Mais enlève ta chemise et ton pantalon ! Bronze un peu, cela te rendra moins élégiaque. Si tu n'as pas de maillot de bain, ce n'est pas grave. On sait que l'industrie soviétique ne produit qu'un seul modèle de caleçons, celui où l'on peut faire rentrer trois gars de ton gabarit… »

Confus, redevenant un jeune élève face à une camarade gouailleuse, je retire ma chemise en bredouillant :

« En fait, le médecin m'a dit de faire attention avec le soleil. À cause de mes brûlures… »

C'est surtout mon dos qui est encore marqué de plaques rouges où la nouvelle peau est fine, sensible. Kira abandonne sa manière goguenarde :

« Mets-toi dans l'ombre, de toute façon ces plaies se cicatrisent mieux à l'air libre… »

Notre génération a gardé ce respect pieux pour les soldats blessés. Très vite pourtant, mon amie se rappelle qu'il s'agit d'un soldat à part, de ceux qui ont participé à une guerre menée par un régime détestable. Et donc ce militaire n'a pas droit aux égards traditionnels.

« Et tu oses encore trouver des excuses à ces gâteux du Kremlin qui t'ont transformé en léopard ! Tu as vu ton dos dans une glace ? On dirait des tomates écrasées. J'espère qu'on t'a donné une médaille pour ta bravoure ! »

J'hésite une seconde, puis je me dis qu'à ses yeux je n'ai plus rien à perdre.

« C'était encore plus bête que tu n'imagines. Notre hélicoptère s'est crashé, juste avant de se poser, nous avons sauté de l'appareil qui prenait déjà feu. J'ai eu de la chance. Je suis tombé comme sur un matelas – sur un type très costaud, en lui cassant je ne sais combien de côtes. Cela m'a épargné les fractures. Et lui, grâce à moi, a évité d'être brûlé au visage, j'ai tout pris sur mon dos, c'est le cas de le dire. À l'hôpital, on se taquinait. Il disait : "Tu m'as défoncé les côtes, salaud !" Et moi : "Regarde, abruti, quelle gueule tu aurais si je ne t'avais pas protégé !" Je me tournais pour lui montrer mon dos. Oui, des tomates écrasées, comme tu dis… Donc, tu vois, il n'y avait pas de quoi m'accrocher une médaille… »

Kira rit de nouveau, cette fois avec une note de dédain. Et je regrette de lui avoir parlé de ce camarade de régiment. Lui et moi, nous appartenons, pense-t-elle, à la même catégorie : nous avons la bêtise de ne pas rejeter en bloc le monde qui nous a vus naître, grandir et qui meurt maintenant d'une vieillesse pitoyable et souvent comique. Je devrais vomir ce passé, persifler les gens qui ont eu le malheur de le vivre, ainsi je pourrais plaire à Kira et à ses amis. Comment lui expliquer que dans le passé de ce pays qui s'en va pour toujours, il y a aussi notre enfance et même ce bref éclat de souvenir : monté sur des gradins, au milieu d'un grand parc couvert de neige, je vois au loin les élèves de notre classe qui se dirigent vers l'orphelinat après avoir déneigé les allées, et à l'écart des autres, déjà rétive à la discipline, marche cette petite fille que je reconnais à son bonnet rouge… Il faudrait donc rejeter aussi ce souvenir-là. Et aussi cette pommeraie ? Et son enivrante beauté ? La railler, en y voyant l'échec d'une société qui promettait un avenir de rêve et qui a lamentablement échoué ? Mais la railler au nom de quel autre avenir ?

Le rire de Kira se calme, elle pousse un soupir apitoyé.

«Ton problème c'est que tu n'arrives pas à te libérer mentalement. Tu n'imagines même pas qu'on puisse vivre et penser autrement. Que la vie peut être radicalement différente!

— Attends, cette vie radicalement différente, cela m'intéresse. Donc, demain la baraque vermoulue du communisme va être rasée, c'est clair. Mais, à sa place, toi et tes amis, vous proposez quoi, au fait? Quel genre de société? Oui, quelle façon d'exister?

— Nous proposons la liberté! Et une société ci-vi-li-sée, tu comprends? Un mode de vie où l'on ne doit pas faire la queue pendant trois heures pour se procurer une paire de bottes, où l'on voyage sans visa, où l'on peut publier librement ses manuscrits. Oui, une vie matérielle et sociale d'un niveau moderne et où l'on se sent heureux…

— En conduisant une décapotable sur Sunset Boulevard…

— Tu caricatures tout, ça aussi c'est une habitude du bon petit Soviétique que tu n'as jamais cessé d'être… Et puis, pourquoi pas une décapotable? Pourquoi mépriser les gens qui aiment posséder de belles choses et qui profitent pleinement de la vie? Après tout, Dieu a créé les hommes comme ils sont…

— Je pense plutôt que ce sont les hommes qui ont créé un tel dieu. Mais passons… Promis, juré, j'arrête la caricature. Donc, demain, grâce à tes amis, nous aurons la liberté, des chaussures achetées sans faire la queue, trente chaînes de télévision, en somme – le multipartisme plus une aisance matérielle pour tout le monde, ou presque… Et après?

– Comment ça, "après"? Mais après, il y aura la même chose.

– Et c'est tout? Tu ne trouves pas que ce projet est un peu tristounet?»

Penser que la société dont rêvent ses amis puisse devenir une routine, perdre son éclat de futur convoité, cette idée rend Kira perplexe. Je devine qu'elle n'a jamais prévu une suite au paradis de liberté et d'abondance qui stimule son activité dissidente. Elle s'allonge de nouveau sur le sable, un peu boudeuse, comme un enfant ne voulant pas admettre la réalité, bougonne avec un soupir :

«OK, si tu préfères t'encroûter dans l'asile psychiatrique du communisme, reste dans cette pommeraie, tu ne pourras pas choisir un endroit plus proche de tes goûts. Seulement, je t'ai prévenu, ces pommiers sont stériles, tu n'auras rien à te mettre sous la dent, exactement comme dans les magasins vides de ce pays… »

Elle le dit d'une voix où se fait entendre une indifférence lasse, le refus de polémiquer. Avec un bâillement, elle se détourne, tend la main, attrape un peu d'eau, se tapote le front, le cou, puis se fige.

Je ne réponds pas. Une compréhension qui s'éclaire en moi ne trouve pas facilement les mots exacts. Je devine simplement que dans cette discussion inutile, l'essentiel nous a échappé. Et cet essentiel c'est le bonnet rouge de la petite fille qui voulait à tout prix être singulière. Sa révolte est née de ce violent désir d'identité dans un monde qui faisait tout pour imposer une vie collective, nivelée et qu'il appelait «égalité sociale». Adolescente, elle constatait que cette égalité signifiait un labeur abrutissant pour un salaire de misère, l'entassement à plusieurs familles dans un appartenant communautaire. Et quand, jeune fille, elle avait envie de monter sur des talons stratosphériques et de mitrailler la foule avec le staccato de sa démarche inimitable, elle tombait sur de mornes files d'attente devant des comptoirs où des vendeuses revêches exposaient des bottes rappelant les instruments de torture moyenâgeux. Elle a fini par détester ce régime qui, pensait-elle, lui interdisait d'être unique. Tout le reste s'est ajouté plus tard : la dissidence, les conciliabules alcoolisés dans des cuisines bleues de tabac et où les artistes maudits lisaient à haute voix, durant des nuits entières, leurs romans inachevés, condamnaient l'enfer soviétique, exaltaient le paradis occidental. Elle s'y sentait heureuse, trouvant dans cette agitation la chance d'un parcours incomparable dont elle avait toujours rêvé, oui, la possibilité de mettre son bonnet rouge…

Et puis, le temps a passé et au seuil de ses trente ans (un sacré jalon pour toute jeune femme), elle a croisé un ancien camarade d'orphelinat, un type un peu lourdaud qui ne pouvait pas comprendre dans quelle merveilleuse excitation elle vivait et quel projet vertigineux elle et ses amis élaboraient pour leur sinistre pays. Mais surtout, ce camarade passéiste a eu la bêtise de lui poser une question ridicule et qui pourtant l'a rendue songeuse. « Imaginons que votre rêve se réalise, disait-il, les files d'attente disparaissent, les gens vivent dans l'aisance matérielle et parcourent le monde comme le font les retraités des pays riches. Mais est-ce que cet assortiment de bienfaits te donnerait un destin unique, un bonheur à nul autre pareil, le bonnet de Chaperon rouge que tu exhibais à l'orphelinat ? »

Je sais qu'il faudrait dire à Kira juste cela : « Cette vie inimitable que tu as toujours cherchée, elle est là. Dans cette pommeraie onirique, sans exemple ni précédent. Dans cette journée claire à la frontière entre le printemps et l'été. Dans cet instant si singulier qu'il n'appartient même pas à ta propre vie, mais à un à-coup dans le temps, à une rencontre, vaine pour toi, avec un homme que tu n'aimeras jamais, moi, et l'ombre d'un homme que tu aimes. Cela ne se répétera jamais dans ta vie. C'est là, ton destin inédit. À ta place, je pousserais un long cri de joie pour saluer l'incroyable folie du régime que tu hais. Car il t'a offert ce vol vertigineux à travers la beauté de tous ces arbres blancs, oui, des arbres enneigés, dirait-on, comme dans cet instant où, enfant, je t'ai vue marcher, à l'écart des autres, ton bonnet rouge sur la tête... »

Je m'éveille, constatant avoir rêvé ces paroles, si vraies et tellement impossibles à communiquer. Kira, allongée près de l'eau, un bras replié sous sa tête, somnole aussi et l'expression de ses traits trahit un désarroi puéril. Je murmure en m'adressant à cette belle dormeuse, cette ancienne petite fille qui transparaît dans son sommeil :

« Tu as raison, Kira, ces pommiers ne donneront pas de fruits. C'est un projet raté, comme mon espoir d'une ville idéale où habiteraient des hommes fraternels guéris de haine et de rapacité... Et pourtant tu verras, dans le royaume de la pommeraie inutile, tout près de cette fontaine inachevée mûrira une pomme, une seule, une exception dans la logique naturelle, un fruit qui nous attendra et qui aura une saveur que personne n'a encore goûtée sur cette terre. Il faudra que nous revenions ici en septembre... »

Kira bouge, ouvre les yeux, secoue la tête, me jette un regard un peu défiant.

Un bruit traînant remplit l'air, je reconnais un hélicoptère qui vole bas. C'est sans doute ce hachement sonore, enregistré dans toutes les cellules de mon corps brûlé, qui m'a réveillé, tout à l'heure. Un petit voile de nuages ternit le soleil. Une brise rapide passe dans les sommets des pommiers, fait tournoyer quelques pétales. Kira frissonne, je vois le reflet de son visage glisser dans le miroir de l'eau, une effigie étrangement flétrie, celle d'une femme amère, lasse de croire et de se tromper… Elle s'habille et nous partons.

Je me retourne au moment où le rond-point va disparaître derrière les branches de l'allée : un rayon de soleil éclaire, sur le sable, l'empreinte de nos corps.

Quelques années après notre expédition dans la pommeraie idéale, le projet que chérissaient les amis de Kira se réalisa. Le communisme s'écroula dans un grand charivari tragi-comique de révolutions de palais, de promesses libérales, de putschs, d'atroce pillage économique, de credo édifiants, de mépris pour les vieux et les faibles.

En fait, cette tardive génération de dissidents fut rattrapée par l'Histoire, les songes les plus exaltés parurent vite timorés face à la violence sauvage avec laquelle la Russie se réforma. La société bourgeoise pépère et douillette dont ils espéraient l'avènement se trouva noyée sous le torrent boueux d'un capitalisme de prédateurs et de mafieux. La plupart des opposants avaient, à cette époque, déjà émigré en Amérique, d'où ils pouvaient méditer sur l'imprévisible caractère de leur pays en citant cet ancien adage : « Les Russes n'atteignent jamais leurs buts car ils les dépassent toujours. »

Kira n'a pas connu ce temps de cataclysmes. Elle est morte l'année qui a suivi notre brève rencontre, en hiver. Sans doute, pasionaria rebelle, aurait-elle préféré périr dans un camp ou sur l'échafaud. Mais ce fut une pneumonie mal soignée. J'apprendrais, bien plus tard, qu'elle l'avait contractée en allant rendre visite à son compagnon exilé à cinquante kilomètres de Moscou. Cette version à laquelle j'ai toujours essayé de croire avait l'avantage d'offrir à mon amie d'enfance une vie héroïque sacrifiée sur l'autel d'une grande cause.

L'homme dont Kira était si amoureuse habite, depuis plusieurs années déjà, à Berlin. Je n'ai pas oublié son nom de famille grâce à sa signification cocasse, un nom peu fréquent : Svistounov, « un siffleur ». Son métier, en revanche, n'est pas rare chez les intellectuels contestataires de sa génération : il est journaliste, plus précisément un reporter qui pratique, pour ainsi dire, un import-export d'idées. Tantôt à Moscou, tantôt en Europe, il alimente les journaux occidentaux de nouvelles effrayantes sur la dictature qui renaît en Russie, et les journaux russes, d'informations sur les visées perfides des Européens et des Américains…

Nous nous sommes rencontrés récemment et c'est lui qui, en riant, m'a parlé de ce double jeu. L'homme m'est apparu hilare, jovial, très peu entamé par son ancien exil. D'après les récits de Kira, j'avais imaginé un martyr exsangue, au regard enfiévré, aux lèvres brûlées par la vérité. En le dévisageant, je cherchais à m'expliquer l'incroyable ressemblance que son physique partageait avec quelqu'un qui m'était familier. Soudain, j'ai compris : la face lisse et rose de Svistounov n'était pas si différente de la figure pouponne de « l'homme qui a vu Lénine ». Oui, l'apparatchik sémillant et juvénile dont, enfants, nous avions écouté le récit. Seul l'aveuglement amoureux d'une femme avait pu rendre au visage banal de ce Svistounov une noblesse tragique d'insurgé.

Je lui ai parlé de Kira. Avec une émotion qui m'a surpris moi-même – je ne m'attendais pas à ce que, vingt ans plus tard, cette journée passée dans la pommeraie puisse demeurer un rappel aussi vif.

« Kira… comment ? Attendez, elle était brune ou blonde ? Un peu rousse… Non, désolé, je n'en ai aucun souvenir. Vous êtes sûr qu'elle faisait partie de mes… admiratrices ? Non, même le KGB ne me le fera pas avouer, ha, ha, ha ! »

Il paraissait parfaitement sincère et ce fut le seul moment où ses traits ont pris cet air de franchise, lavés d'un jeu de mimiques toujours un peu fuyant, ambigu, commandé par sa duplicité professionnelle. Non, il ne mentait pas, il ne se rappelait réellement pas cette jeune femme qui l'avait idolâtré.

« Et votre roman, ce livre que vous écriviez en… en exil, ces *Prisonniers de l'Absurdie* ? »

Il a ri de nouveau.

« Ah, mais ça, c'est des conneries de jeunesse. Et puis qu'est-ce qu'on peut raconter après Soljenitsyne et Chalamov ? Ils ont déjà tout dit… Quant aux filles, vous savez, j'étais à l'époque un super Casanova. En plus, vous connaissez les femmes, elles ont un vrai faible pour les hors-la-loi, les persécutés, les exilés… Des visites, j'en ai eu tant et plus, dans ce trou perdu où l'on m'avait assigné à résidence… »

Il s'est mis à me confier sa vie amoureuse, très active et libertine, en contradiction totale avec le sombre tableau que sa génération faisait du pays écrasé sous le puritanisme de l'idéologie. Sa voix résonnait d'un vibrato positivement nostalgique. Oui, il regrettait cette jeunesse faite de réunions clandestines, de rêveries dissidentes, d'amours multiples, volages, pimentées par le danger. J'ai vu ses yeux se voiler… Il s'est repris vite :

« Alors, on la fait, notre petite interview ? Je vous préviens tout de suite, c'est pour un journal russe, donc… »

L'oubli dans lequel il avait laissé s'effacer Kira m'a d'abord meurtri, comme si la goujaterie de ce marchand d'idées me visait personnellement. Puis, j'y ai vu une chance : notre lointaine balade au milieu du paradis silencieux de la pommeraie restait donc définitivement à l'écart de la vie des autres. La seule crainte qui a persisté en moi était d'apprendre qu'une nouvelle autoroute avait rayé pour toujours la belle démence du verger inutile. Une autoroute, une usine de Coca-Cola ou je ne sais quel centre de loisirs avec piscines et casinos, symboles festifs des récents changements.

Un jour, dans un avion qui reliait Paris au Japon, j'ai survolé la région de la géante plantation de l'ère soviétique. Le ciel printanier était d'une limpidité extrême et l'on voyait, au sol, le moindre pointillé de maisons, le lacis des rivières, les miroirs des lacs. Et le tracé d'une route, celle probablement qui reliait Moscou à Kiev et que bordaient, jadis, d'innombrables pommiers. À un moment, j'ai cru les apercevoir : une mer d'écume neigeuse et dont l'immensité surprenait, même observée de cette altitude. Ou bien était-ce une longue traîne de nuages que le couchant illuminait ?

Ma crainte de voir ce rêve blanc remplacé par un

hypermarché s'est alors dissipée. Je savais désormais que la très ancienne journée de mon errance en compagnie de Kira n'appartenait plus à ce monde et ne courait donc aucun risque de destruction.

«Sa floraison continue, me disais-je. Le temps a contourné la pommeraie, l'abandonnant dans un instant qui ne passe pas. Cette idée paraît aussi démente que la beauté des arbres fleuris qui ne porteront jamais de fruits. Et pourtant le croire donne un sens suprême à nos vies, à nos rencontres, à nos amours.»

Je me suis surpris alors à m'adresser mentalement à Kira, comme tant de fois durant ces vingt dernières années.

En réalité, je n'ai jamais cessé de marcher, à ses côtés, dans une enfilade infinie de branches neigeuses.

VIII

Le poète qui aida Dieu à aimer

Au début, je ne comprends pas ce qui peut, dans cette scène, m'intriguer à ce point...

Je suis encore ébloui par la violence lumineuse du mistral, dans ces villes blanches de soleil, qui semblaient être dessinées sur des voiles de bateau. Un vieil ami m'a donné rendez-vous à Nice et, parti la veille, j'ai pris mon temps, descendant du train trois ou quatre fois dans des endroits que je ne connaissais pas, comme pour m'habituer à l'idée que j'allais revoir quelqu'un après tant d'années d'oubli. Un retour que j'appréhendais un peu...

Dans l'une des villes, abasourdi par l'impétuosité solaire de ce vent d'hiver, j'ai marché en trébuchant, avant de trouver refuge derrière les murs d'un cimetière. Et de voir cette ombre féminine près d'une tombe. Le passé dont j'essayais de temporiser le rappel s'est fait soudain très présent, proche à pouvoir le toucher avec le moindre revif du souvenir...

C'est avec des yeux aveuglés que j'observe maintenant cet étrange manège. Une matrone d'une soixantaine d'années, lourde, à la mine renfrognée, quitte un salon privé du restaurant niçois où je suis attablé avec mon ami d'il y a trente ans. Soutenue, aux coudes, par une femme et un homme qui pourraient être ses enfants, elle se met à monter un escalier. Il est pénible de voir ses jambes tordues sur des talons hauts, peu pratiques vu sa corpulence. Elle a l'air maussade et maugrée entre ses dents des remarques qui visent sans doute l'idée stupide d'installer les toilettes au premier étage. Ses accompagnateurs opinent avec une obséquiosité comique.

Mais c'est surtout l'attitude de mon ami qui me frappe : je le sens anxieux, son regard parcourt la salle, vise cet homme qui entre et celui-ci, un brun sportif qui se lève brusquement...

La matrone gravit les dernières marches de l'escalier et, dans un soufflement, émet une critique plus retentissante : la qualité de la cuisine ne correspond pas, selon elle, à la réputation de l'établissement. Soudain, je me rends compte qu'elle parle en russe...

Je me tourne vers mon ami.

«Tu connais cette femme?»

Il semble embarrassé, se frotte le front, puis lâche:

«Oui... Je la connais. C'est une femme qui... une femme qui, sans le savoir, a été aimée... comme on ne peut être aimé... qu'ailleurs que sur cette terre.»

Cet ami, Piotr Glébov, est l'ancien camarade de régiment avec qui j'ai enduré jadis une situation à la fois périlleuse et cocasse: le crash de notre hélicoptère prenant feu, notre dégringolade, les côtes de Piotr fracassées par mon atterrissage sur lui, mon dos qui reçoit une giclée de carburant enflammé et le sauve ainsi de brûlures au visage... À présent, nous évoquons ces événements en riant, tel un vieux canular de potaches.

Nous sommes frappés du peu de temps qu'il faut pour revoir ce plus d'un quart de siècle où s'est passé l'essentiel de notre vie adulte. Partageant le sort de toute notre génération malmenée par l'effondrement de l'URSS, Piotr a, depuis, tâté mille métiers, beaucoup voyagé et appris, cherchant surtout à se donner l'impression de maîtriser cette vie moderne, de ne pas s'y sentir dépassé.

Il décrit assez vaguement son métier actuel: représentant d'une firme qui organise les déplacements des personnalités à l'étranger. Son expérience de voyageur doit lui être utile, et il parle plusieurs langues... Je n'insiste pas trop pour savoir quelles sont précisément ses fonctions, je vois que cela le gêne d'en parler.

Dès les premières minutes de notre rencontre, cette réticence était visible. Il n'a pas voulu s'installer pour dîner, préférant juste prendre un verre. J'ai pensé qu'il s'agissait d'un problème d'argent : « Mais c'est moi qui t'invite ! » Il a refusé de nouveau, s'est plaint d'avoir trop mangé à midi…

La matrone, entourée de sa suite, redescend l'escalier. Je peux mieux maintenant examiner ses traits. Le renfrognement méprisant d'une femme de notable, l'air capricieux de celle à qui l'on doit une obéissance totale parce qu'elle est riche. Un masque fortement poudré, un faciès sans doute redessiné par un chirurgien, à la mimique crispée, en retard sur l'émotion exprimée. Sa corpulence rappelle les bombements d'écorce sur les troncs des arbres. Et ses vêtements crient leur cherté, piquetant le regard d'un pailletage de bijoux. L'ensemble, excessif et rutilant, a une ressemblance avec… Mais oui, avec cette voiture de luxe que j'ai vue garée en face du restaurant. J'ai été étonné de voir une immatriculation russe. Je jette un coup d'œil par la fenêtre : la limousine est toujours là.

Piotr a intercepté mon regard :

« Ils l'ont fait venir de Moscou… Au lieu de louer une bagnole sur place.

– Mais… pourquoi ?

— Et pourquoi les gens sont crétins ? Riches, puissants et crétins… »

La matrone est de retour dans le salon privé et Piotr se détend. Le lien qui l'unit aux dîneurs russes reste pour moi un mystère. Je ne veux pourtant pas brusquer ses aveux.

« Tu disais donc que cette rombière avait été aimée comme on n'a plus la chance d'être aimé en ce bas monde. Un peu comme Béatrice par son Dante… À la voir, on a peine à l'imaginer. Peut-être à seize ans, jeune et fraîche…

— Même à la quarantaine passée, je t'assure, c'était une très jolie femme. Et c'est justement quand elle avait cet âge que l'homme qui l'aimait est mort. La formule des romans anciens ne serait pas fausse dans son cas : il est mort en prononçant certainement le nom de celle qu'il n'a jamais cessé d'aimer.

— Et tu sais qui était ce prince charmant ?

— Tu le sais aussi, je te l'ai fait rencontrer, un jour. Il s'appelait Dmitri Ress. »

J'ai connu Ress, trop peu et trop brièvement. Quelques mois avant sa mort… L'homme qui a reçu dans un camp le surnom de « Poète ».

Sa vie avait basculé à cause d'une affiche : sur les tribunes du défilé célébrant la révolution d'Octobre s'alignaient des personnages porcins, sosies des dirigeants du Parti. *Vive la Grande Porchaison!* clamait la légende.

Condamnation, camp, libération, nouveaux actes de «propagande antisoviétique», nouvelle condamnation, des peines de plus en plus longues dans des camps au régime de plus en plus sévère. Et, deux décennies plus tard, le bilan de ce combat inégal : un homme de quarante-quatre ans paraissant octogénaire, un rictus édenté, des poumons rongés par le cancer, un corps flageolant que le vent semblait transpercer...

Je me rappelle notre marche lente à travers une grande ville festive. Notre conversation quand, bloqués sur un pont, nous voyions, au loin, le défilé du Premier Mai, colonnes et drapeaux rouges inondant la place centrale de la ville. Les quintes épuisantes qui s'emparaient de Ress, l'incandescence du regard qu'il posait sur le monde, la vigueur de ses paroles, incroyable vu son extrême faiblesse. Et puis, un bref arrêt près d'un parc, Ress s'est détourné au passage d'une femme accompagnée d'un enfant... Une jolie femme qui a surgi d'une voiture officielle, a longé la clôture du parc, a disparu dans l'entrée d'un immeuble. En nous laissant une fugace amertume de parfum...

À présent, le récit de Piotr Glébov comble les dernières lacunes dans ce que je savais sur la vie de Ress. La dame qui vient de regagner un salon privé du restaurant est l'amie de jeunesse, le seul amour de cet homme insoumis.

À vingt-deux ans, ivres de lectures interdites et de projets révolutionnaires, ils lancent leur opération d'affichage. Détail important : c'est la jeune fille qui propose le sujet de *la Grande Porchaison*. Elle se montre, au début, bien plus combative que lui, étudiant réfléchi, plongé dans l'étude de Marx. Car il n'est pas antisoviétique à proprement parler. Très tôt, il devine que toutes les sociétés fabriquent la même espèce de créatures : celles qui avec une servilité zoologique ne pensent qu'à s'alimenter, à se reproduire, à s'incliner devant la force de l'État qui les enchaîne dans des besognes décérébrantes, les assomme avec des ersatz de culture, les laisse s'entre-tuer dans des guerres. Oui, à ses débuts, il est plutôt un libre-penseur anarchisant. L'affiche, elle, s'en prend clairement au pouvoir en place. Ils la collent la nuit : une extase de liberté, suivie de longues heures d'amour, de rêves, de serments. Et le souvenir qui ne s'effacera jamais, ces journées de novembre, la voltige des premiers flocons de neige dans l'air éteint sentant les feux de bois, une fraîcheur grisante annonçant le début d'une vie nouvelle, la promesse d'un monde tout autre.

Identifier les auteurs du crime est, pour la police, un jeu d'enfant. Des empreintes de peinture, la vigilance d'un voisin…

On les interroge, Ress prend tout sur lui. Son amie, soudain désenivrée, consciente que les choses deviennent sérieuses, pique une crise de larmes, rejette toute responsabilité, ment, sanglote, délire, implore le pardon. Elle a des parents haut placés, Ress n'a que sa mère, une femme à la réputation douteuse car ayant fait elle-même de la prison, sous Staline… Le garçon écope de trois ans, un verdict miséricordieux, destiné à lui donner une chance de se remettre dans le droit chemin. Sa dulcinée se range. Elle qui croyait qu'on pouvait jouer à cache-cache avec le régime vient d'entrevoir les rouages de la lourde machine répressive et n'a désormais qu'une envie : oublier ses erreurs de jeunesse, redevenir une jolie étudiante de bonne famille, insouciante, banale, et bientôt épouse heureuse et mère de famille.

C'est dans le camp que Ress se rend compte à quel point ses intuitions de jeune révolté étaient justifiées. Il découvre tout un univers de destins massacrés, ces hommes que la mécanique carcérale broie jour après jour, les transformant en déchets irrécupérables. Et cet homme-là qui réussit, une nuit, à franchir toutes les rangées de barbelés et qui est abattu à la dernière. Ress sait désormais que sa vie sera dédiée à la lutte contre ces balles qui déchiquettent un prisonnier embrouillé dans la dernière ligne de barbelés.

Le régime ne le tue pas, car on n'est plus au temps de Staline. On le fait mourir lentement, avec une paisible

paresse bureaucratique : procès, condamnation, libération, nouveau procès…

Tout au long de ces années, l'amour que Ress porte
en lui suit une logique paradoxale, celle des adorations
calmement désespérées, affranchies de tout jeu de rôles
psychologique. Aucun lien n'est plus possible entre les
anciens amants. La femme est mariée, entourée d'une
famille, elle vit sur une autre planète, inaccessible à un
prisonnier qu'on vient de relâcher et qui ne tardera pas à
retourner dans un camp. Mais rêver d'elle lui est vital. Si
cet espoir disparaissait, son combat deviendrait le simple
entêtement d'un aigri, ce que pensent de lui les juges.

Sa propre existence le préoccupe peu : libéré, il trouve
du travail, n'importe quelle tâche lui assurant la subsistance, et le reste du temps il lit, écrit, accumule, sans y
penser, les éléments à charge pour la prochaine condamnation. Parfois, une femme l'héberge, espérant l'éloigner
du destin qu'il s'est choisi. Dès qu'il sent le danger d'un
tel éloignement, il s'en va, vit dans des gares, dans des
wagons abandonnés. Ces «incommodités», comme il
le dit en souriant, lui paraissent extérieures à l'essentiel.
Son seul but est d'éveiller ses semblables engourdis dans
leur flegme de porcs, de partager avec eux la certitude
d'un monde libéré de ses tares, cette vigoureuse foi qui
l'emplit désormais.

De plus en plus il est convaincu que c'est son ancienne
amie qui l'a initié à cette quête de la vérité. Et c'est elle

aussi, même absente, qui lui donne la force de poursuivre son combat. Ils sont donc toujours unis, comme dans leur jeunesse… Un de ses juges, moins insensible que les autres, parle de troubles psychiques chez cet opposant qui veut sauver l'humanité. Il espère lui épargner une nouvelle peine de travaux forcés. Ress demande alors que l'on cite n'importe quel titre parmi les ouvrages de Marx et se dit prêt à exposer son contenu, façon pour lui de démontrer sa parfaite santé mentale. Les juristes sont embarrassés. Il les plaint : « On vous oblige à déclarer fou celui qui croit que l'homme mérite mieux que le sort d'un porc ! »

Ballotté d'une prison à l'autre, d'un gîte au suivant, Ress finit par trouver un point d'ancrage sur son chemin des tourments. Pendant ses périodes de liberté, il vient dans la ville où habite son amie d'antan et où, deux fois par an, il est sûr de pouvoir la croiser : au Premier Mai et à la fête de la révolution d'Octobre. Il sait que, épouse d'un des dirigeants de la ville, elle assiste aux défilés et qu'aussitôt après, elle rentre pour préparer le repas de fête.

Il n'essaie pas de lui parler. Ce qui lui importe, c'est de la voir passer tout près de lui, plongée dans une vie qu'il aurait pu vivre. Ce qui surtout le rend heureux c'est de n'éprouver aucun regret à l'idée d'avoir été banni de cette douce routine des humains.

Avec le temps, rester invisible devient difficile. La violence de sa toux le trahit, son physique décharné et

ses vêtements le rendent suspect dans cet îlot résidentiel habité par les dignitaires de la ville. Un jour, après
le défilé du Premier Mai, l'enfant de son amie remarque
l'étrange présence d'un errant secoué d'une quinte…

Ce jour-là, je l'accompagnais dans son pèlerinage. Ress
s'est détourné en écrasant une main contre ses lèvres. La
femme s'est éloignée sans se douter de rien.

Six mois après, c'est Piotr Glébov qui a aidé Ress à
venir à son rendez-vous. C'était la fête de la révolution
d'Octobre… Le défilé s'est terminé, une voiture a déposé
une jolie femme vêtue d'un long manteau clair et qui,
l'air rêveur, a longé la clôture du parc, croisant ces deux
hommes postés dans une curieuse attente sous une fine
pluie d'automne. Un grand gaillard aux épaules larges et un
vieillard comiquement maigre qui, plié en deux, toussait,
les yeux mi-clos. Elle s'est écartée d'eux, leur laissant un
bref ondoiement de parfum et, suivie de son fils, est entrée
dans un immeuble dont le gardien, sur le pas de la porte,
observait les deux hommes d'un œil réprobateur.

« Il est mort une semaine plus tard », me confie à présent Piotr.

Je murmure, en écho à ses paroles :

« Donc, c'était sa toute dernière entrevue avec celle
qu'il aimait… »

Piotr opine, mais avec une mine hésitante, comme si

la chronologie de cet amour échappait à la simple logique des hommes. Ensuite, il reprend son récit.

Cette dernière fois, Ress lui a demandé de l'emmener jusqu'au fleuve. Et sur la berge, il a enlevé sa chapka, se redressant de toute sa taille, exposant son visage au souffle glacé du vent. Il est resté immobile, le regard perdu au-delà des eaux, avec une expression que Piotr ne lui avait jamais connue. Une dureté altière, victorieuse. Puis un sourire lointain a radouci son visage, il s'est mis à respirer profondément…

Piotr se tourne vers le salon privé. La matrone s'encadre dans l'entrée, sa suite composée de plusieurs personnes donne l'impression de la porter en la soutenant par les coudes.

« Excuse-moi, bafouille-t-il, je dois y aller…

– Déjà ? Mais, attends, qu'est-ce qui se passe ? Il n'est pas tard, on peut rester encore un moment…

– C'est que… Je travaille pour ces gens. Guide, interprète, garde du corps, chauffeur, bref leur valet. Vraiment désolé… J'essaierai de t'appeler demain. »

Il s'en va, devance les dîneurs russes, leur tient la porte… Par la fenêtre, je le vois ouvrir les portières de la limousine. En fait c'est tout un convoi qui part : cette grosse automobile de luxe, plus deux autres voitures, l'une qui la précède, l'autre qui ferme la procession…

La salle du restaurant est presque vide, la nuit est tombée et le récit de Piotr Glébov me revient avec la netteté d'un souvenir vécu.

Ress se tient face à l'étendue froide du fleuve. Le vent fait ondoyer au sommet de son crâne chauve une fine boucle de cheveux blancs. Les rafales de novembre sont puissantes, glacées, elles le frappent à la poitrine, le font chanceler. Mais il résiste, fixe l'horizon avec un sourire douloureusement tendu sur sa bouche édentée.

Car il a gagné! Le régime qui a ravagé sa vie commence à donner des signes de décrépitude, prêt à s'écrouler.

Très vite pourtant la dureté de son rictus s'efface dans une expression détachée, presque tendre. Il sait que, dans ce duel contre l'Histoire, il ne peut pas y avoir de vainqueur. Les régimes changent, reste inchangé le désir des hommes de posséder, d'écraser leurs semblables, de s'engourdir dans l'indifférence d'animaux bien nourris.

Il sourit, inspire profondément et dans son souffle se mêlent la fraîcheur neigeuse du fleuve, la fumée d'un feu allumé dans l'une des bicoques accrochées à la rive. Et une note amère de parfum…

« Un homme qui n'a jamais été aimé… », me disais-je autrefois en pensant à Ress. Même Dieu n'y pouvait rien car telles étaient les lois de sa Création fondée sur la haine, la destruction, la mort. Fondée, avant tout, sur le temps capable de transformer une femme aimée en une lourde matrone au visage porcin grassement maquillé. Non, Dieu se montrait impuissant devant ce monde sans amour.

Et c'est cette ombre humaine, ce Ress chancelant au bord du néant, oui, lui tout seul qui avait la force de rendre éternelle la beauté de celle qu'il aimait.

À l'époque de notre rencontre, il y a près de trente ans, je croyais nécessaires ces mots graves pour évoquer le destin de Dmitri Ress : la révolte contre un monde où la haine est la règle et l'amour, une étrange anomalie. Et la faillite de Dieu dont l'homme est appelé à redresser la Création...

Je me souviens maintenant qu'au moment de quitter la petite rue où nous avions fait halte, face au fleuve, Ress m'a confié avec un regret souriant :

« Ils m'ont surnommé "Poète", mes camarades du camp. Si seulement c'était vrai ! Je saurais dire la joie et la lumière que je découvre partout, ces derniers temps. Oui, dire un instant comme celui-ci, sous la dernière neige, la senteur d'un feu de bois et la lampe qui vient de s'allumer dans cette petite fenêtre grise, là-bas, vous voyez ? »

Je suis convaincu, désormais, que ces paroles ont exprimé le mieux ce que la vie de Ress nous laissait deviner. Bien au-delà de toutes les doctrines.

Car, à son insu peut-être, c'est le poète qui parlait, ce jour-là, en lui.

La Fille d'un héros de l'Union soviétique
Robert Laffont, 1990
et « Folio », n° 2884

Confession d'un porte-drapeau déchu
Belfond, 1992
et « Folio », n° 2883

Au temps du fleuve Amour
Le Félin, 1994
et « Folio », n° 2885

Le Testament français
prix Goncourt et prix Médicis
Mercure de France, 1995
et « Folio », n° 2934

Le Crime d'Olga Arbélina
Mercure de France, 1998
et « Folio », n° 3366

Requiem pour l'Est
Mercure de France, 2000
et « Folio », n° 3587

La Musique d'une vie
prix RTL-Lire
Seuil, 2001
et « Points », n° P982

Saint-Pétersbourg
(photographies de Ferrante Ferranti)
Le Chêne, 2002

La Terre et le ciel de Jacques Dorme
Mercure de France, 2003
Le Rocher, 2006
et « Folio », n° 4096

La femme qui attendait
prix littéraire Prince-Pierre-de-Monaco 2005
Seuil, 2004
et « Points », n° P1282

Cette France qu'on oublie d'aimer
Flammarion, 2006
et « Points », n° P2337

L'Amour humain
Seuil, 2006
et « Points », n° P1779

Le Monde selon Gabriel
Mystère de Noël
Le Rocher, 2007

La Vie d'un homme inconnu
Seuil, 2009
et « Points », n° P2328

RÉALISATION : PAO ÉDITIONS DU SEUIL
IMPRESSION : CPI BRODARD ET TAUPIN À LA FLÈCHE
DÉPÔT LÉGAL : FÉVRIER 2012. N° 108440. (67963)
IMPRIMÉ EN FRANCE

Éditions Points

Le catalogue complet de nos collections est sur
Le Cercle Points, ainsi que des interviews de vos
auteurs préférés, des jeux-concours, des conseils
de lecture, des extraits en avant-première…

www.lecerclepoints.com